LES PUTES VOILÉES
N'IRONT JAMAIS
AU PARADIS !

DU MÊME AUTEUR

BIG DADDY, Grasset, 2015.

LA DERNIÈRE SÉANCE, Fayard, 2013 ; Livre de Poche.

JE NE SUIS PAS CELLE QUE JE SUIS, Flammarion, 2011 ; Livre de Poche.

NE NÉGOCIEZ PAS AVEC LE RÉGIME IRANIEN, Flammarion, 2009.

LA MUETTE, Flammarion, 2008 ; J'ai lu.

À MON CORPS DÉFENDANT, L'OCCIDENT, Flammarion, 2007.

COMMENT PEUT-ON ÊTRE FRANÇAIS, Flammarion, 2006 ; J'ai lu.

AUTOPORTRAIT DE L'AUTRE, Sabine Wespieser, 2004 ; Folio.

QUE PENSE ALLAH DE L'EUROPE ?, Gallimard, 2004 ; Folio.

BAS LES VOILES !, Gallimard, 2003 ; Folio.

JE VIENS D'AILLEURS, Autrement, 2002 ; Folio.

CHAHDORTT DJAVANN

LES PUTES VOILÉES N'IRONT JAMAIS AU PARADIS !

roman

BERNARD GRASSET

PARIS

ISBN : 978-2-246-85697-9

La ville aux mille visages
et les traces de pas

Surnommée la ville aux mille visages, située au nord-est de l'Iran, non loin de l'Afghanistan, sur la route de Gengis Khan, ville des martyrs, des poètes, des passionnés d'astronomie, ville sacrée, haut lieu de pèlerinage qui abrite le magnifique mausolée de l'imam Reza, dont l'immense coupole dorée, les grands jours de chaleur, reflète le soleil et éblouit le commun des croyants comme s'ils s'étaient égarés au beau milieu des feux de l'enfer, ville sainte où affluent des millions de fervents musulmans, ville de drogue, de trafiquants, ville généreuse, accueillante, ouverte jusqu'aux cuisses et à l'entrejambe de ses femmes, de ses putes : Mashhad est la ville où s'est déroulée cette histoire incroyable.

Un matin d'été, très tôt, Ebi Agha, un ouvrier habitant à la lisière de la ville, allant à son travail, perdu dans ses pensées, faillit tomber en se prenant les pieds dans le tchador d'une femme, dans un caniveau sans eau.

Un cadavre !

Il s'arrêta. Hésita. Alerter la police ou continuer son chemin en feignant de n'avoir rien vu, tel fut son dilemme. Il avait regardé suffisamment de séries policières américaines pour savoir que la trace de ses chaussures sur le tchador de la défunte et de son pied gauche qui avait heurté le corps sur lequel il avait trébuché pouvaient constituer autant de preuves contre lui. Instantanément, il pensa qu'il ne fallait pas confondre le scénario, certes improbable mais très bien ficelé, d'une série américaine avec ce qui se passait dans ce pays bordélique où tout allait mal. Qui mènerait ici une enquête digne de ce nom pour une pauvre femme dont la vie ne valait que la moitié de celle d'un homme ? Déjà que la vie d'un homme ne valait pas grand-chose...

Il n'était pas encore au bout de la rue, qu'il entendit le cri d'une femme. Une de ses voisines, ouvrière, elle aussi. Immobilisée face au cadavre, elle l'appelait à l'aide. Ebi Agha admit qu'il ne pouvait plus se rendre à l'heure au boulot en laissant un témoin derrière lui.

« Ah mon Dieu, retournons-la pour voir qui c'est... »

Ebi Agha pensa que ce serait une bonne explication pour la trace de ses chaussures : il remit les pieds sur le tchador et retourna le corps. Sous le tchador, le visage boursouflé, tuméfié, encore entouré de son foulard, noué sévèrement autour du cou, leur était inconnu.

— Vous croyez qu'elle est morte ? demanda la femme.

— Ça m'en a tout l'air.

— Vous êtes sûr ?

— Non.

Presque deux heures plus tard, la police arriva sur le lieu du crime. Elle se dépêche moins pour secourir les pauvres gens que pour les arrêter. La police interrogea les habitants de la rue, désormais tous agglutinés autour du cadavre. Femmes et hommes grommelaient, la rumeur montait : les langues se délièrent, les avis fusèrent.

— La pauvre !

— Vous la connaissiez ?

— Non. Et vous ?

— Non plus.

— Personne ne la connaît.

— Elle n'était pas du coin.

— Qu'est-ce qu'elle faisait dans notre quartier ?

— Je sais pas.

— Il n'y a rien à faire par ici...

— Peut-être qu'elle venait rendre visite à quelqu'un...

— Mais personne dans le quartier ne la connaît.

— ... Ça devait être une traînée de pute.

— Ah bon ?

— Ben oui.

— Peut-être que les gardiens eux-mêmes... ?

— Tu crois ?

— C'est possible.

— Moi, j'ai entendu une fois un gardien dire qu'il faudrait exterminer toutes ces femmes qui répandent le mal et pervertissent les croyants.

— Moi, je dis qu'elle méritait ce qui lui est arrivé.

— Moi, je sais pas.

9

— Et tu dis quoi ? Il faut les laisser faire, ces putes ?

— Non, il faut les sanctionner fermement.

— Rien n'arrête une pute.

— C'est vrai, on n'en peut plus de ces traînées.

— Nos fils sont pervertis.

— Et nos maris alors ?

— Une femme qui va avec des hommes inconnus ne mérite pas mieux que ça.

— J'espère que ça va servir de leçon aux autres.

— Il faut laisser son corps, comme un chien, pour que les autres traînées la voient.

— C'est vrai quoi ! On n'ose plus marcher dans la ville à cause de ces traînées...

— Vous dites n'importe quoi. Il ne manquait plus que des assassins dans ce quartier !

— Ce n'est pas un assassinat, c'est du nettoyage.

— C'est vrai, ce n'est pas un meurtre, c'est de la désinfection, de la purification. Il a raison.

— Enfin un homme qui a eu le courage de nous débarrasser d'une souillure !

— En tout cas, c'est un croyant courageux.

— Vous exagérez, c'est quand même un être humain qui a été assassiné.

— Tout d'abord, ce n'est pas un être humain, c'est une pute, et l'islam dit que si après deux avertissements une pute n'arrête pas son activité, on peut la tuer.

— Pour moi, il a raison ; quelqu'un nous a débarrassés de l'immoralité qui pourrit notre ville.

— Et c'est la seule immoralité ?

— Quoi ? Vous défendez les putes, c'est ça ?

— Je ne défends personne, et d'ailleurs nous ne savons pas qui est cette pauvre femme. Ce n'est pas parce qu'elle n'habite pas le quartier et que personne ne la connaît que c'est une pute.

— Qu'est-ce qu'elle faisait ici ? C'est évident, c'est une traînée de pute.

— Et votre islam à vous ne parle jamais de présomption d'innocence ?

— Y a pas de place pour le doute.

— Comment le savez-vous ?

— C'est évident !

— Vous étiez peut-être son client, pour être si affirmatif ?

— Vous parlez trop ! Vous n'avez pas un mari pour vous ramasser ?

— Il est en taule, comme pas mal d'autres gars du quartier.

— C'est vrai, il a raison, ma sœur, il ne faut pas défendre les putes quand même.

— Je ne suis pas votre sœur et je ne défends personne. Je dis seulement que nous ne savons rien.

— Si les gens disent que c'était une pute, eh bien, ça doit être vrai..., qu'est-ce que viendrait faire une femme dans ce quartier si elle n'y habite pas, hein ?

— On a assez de malheurs comme ça, il ne faut pas que les putes prennent notre quartier pour terrain de chasse...

Les uns et les autres, femmes et hommes, jeunes et vieux, ouvriers et chômeurs, bons et mauvais musulmans, criminels et drogués, charlatans et escrocs,

11

voleurs et dealers, proxénètes et clients de putes, tous donnèrent leur avis, se défoulèrent, formulèrent leur opinion. Assénèrent leurs assertions, sans que quiconque pût identifier le corps. À part des commérages, les deux policiers ne récoltèrent aucune information.

Un des policiers nota sur un bout de papier :
Cadavre : Inconnue.
Âge : Entre 25 et 30 ans.
Probablement prostituée.

Ebi Agha décida de rester sur place pour assister au dénouement de l'histoire. Il constata qu'à l'opposé de ce qu'on voit dans les films policiers américains, aucun expert de la police scientifique n'intervint pour prélever des empreintes, qu'aucune procédure ne fut respectée pour préserver preuves et indices, que le périmètre du lieu du crime ne fut délimité et protégé par aucun ruban blanc, jaune ou rouge. Et enfin, lorsque l'un des deux policiers avec l'aide de deux habitants du quartier eut transporté le cadavre, sans gants, à mains nues, et en foulant plusieurs fois l'endroit même où le cadavre gisait, il se dit : « Je m'étais inquiété inutilement pour la trace de mes pas ! »

Dans le même caniveau

Deux jours plus tard et à peine à deux cents mètres de l'endroit où le premier corps avait été trouvé, un deuxième corps, entouré du tchador, gisait dans le prolongement du même caniveau sans eau. Lorsque les mêmes policiers, accompagnés cette fois de leur supérieur, arrivèrent sur le lieu du crime, une foule entourait déjà la victime.

— Quelqu'un s'est donné pour mission de débarrasser cette ville sainte de la souillure.

— Puisque les autorités ne sont pas assez sévères envers ces traînées de putes, il faut bien que quelqu'un s'en charge.

— Qu'elles brûlent aux enfers ces saletés de femmes !

— C'est sûr que des putes pareilles n'iront pas au Paradis.

— En tout cas, nous avons un héros dans notre ville.

— Un courageux.

— Ça, oui.

— C'est un vrai héros.

— Un homme pieux.

— Un vrai croyant.

— Un pur.

— Un vrai musulman.

— Le déshonneur, il ne faut jamais le supporter.

— Moi, je dis bravo.

— Ç'aurait été mieux s'il les avait égorgées.

— Si seulement il pouvait savoir que nous sommes de tout cœur avec lui…

L'assassin, il est là, silencieux, parmi les gens qui entourent le cadavre. Il écoute les commentaires des uns et des autres, qui le réconfortent et l'encouragent.

— J'espère que ces saletés de putes cesseront de venir dans notre quartier.

— Attention, ce n'est pas parce que leurs corps sont ici qu'elles ont été assassinées ici. Vous ne retenez rien des films policiers ?

— Pourquoi il les jette ici et ne les laisse pas là où il les tue ?

— Pour brouiller les pistes… C'est un gars malin.

— C'est vrai, les putains travaillent souvent autour du mausolée, là où il y a des touristes. Ici, qui a les moyens de s'en payer une ?

— En tout cas, il nous honore en jetant ces putes à nos pieds.

— Et vous ? Qu'est-ce que vous en pensez ? demanda un jeune d'une vingtaine d'années à un vieux qui restait silencieux.

— Je sais pas... ce qu'elles font ce n'est pas bien, mais l'assassin non plus, c'est à la loi de les punir.

— Puisque la loi ne fait rien, intervint un autre, les jeunes ont donné leur sang pour la guerre, pour l'islam, et des traînées de putes souillent la mémoire des martyrs.

— Je ne vois pas en quoi la guerre et le sang des martyrs ont un rapport avec la prostitution.

— Alors c'est bien, à votre avis ? Les braves soldats ont risqué leur vie, ils rentrent de la guerre et voient que les femmes se prostituent... et vous trouvez ça bien ?

— Vous parliez des martyrs et de leur mémoire et non de ceux qui reviennent vivants.

— Vous êtes trop vieux et ne comprenez rien.

— Peut-être. Mais justement, je sais que c'est le plus vieux métier du monde et que ce qui se passe dans l'intimité entre un homme et une femme n'a jamais été contrôlable par aucun régime depuis la nuit des temps.

— Attention à ce que vous dites ! Vous êtes en train d'insulter l'islam.

— L'islam dit qu'il faut assassiner des femmes ?

— Ce sont des putes !

— Et alors, l'islam dit qu'il faut assassiner les prostituées ?

— Oui !

— Ah bon ? !

— Oui, l'islam dit que si après deux avertissements elles continuent à se vendre, on doit les éliminer.

— Eh bien, je n'étais pas au courant.

— C'est parce que vous êtes un musulman du temps du Chah, qui était lui-même un mauvais musulman, un laquais de l'Occident impie qui répandait la souillure dans notre pays et agissait contre les principes de l'islam.

— Il a raison. Il faut tuer non seulement les putes mais toutes les femmes impures.

— Vaste programme... ironisa le vieil homme en s'éloignant.

Un des deux policiers nota sur une feuille de papier :

Cadavre : Inconnue.

Âge : 20-30 ans.

Probablement prostituée.

Son supérieur, regardant par-dessus son épaule, lui signala : « Ça s'appelle victime et non pas cadavre. »

La fausse date de naissance
et le mariage de Zahra

Soudabeh était née, sa mère ne savait exactement quand, un jour de grande chaleur, en été, à la maison, dans un bidonville, à une dizaine de kilomètres de Mashhad, rasé depuis pour y construire une grande mosquée. Son acte de naissance avait été délivré presque un an après sa naissance. Elle était le deuxième enfant ; le premier avait été aussi une fille, morte, nourrisson, sans acte de naissance ni acte de décès. Elle avait à peine existé dans la tête, le cœur et la mémoire de ses géniteurs. Après la naissance de son troisième enfant, un garçon, fière d'avoir accouché enfin du sexe mâle, sa mère avait déclaré la naissance de ses deux enfants en même temps au bureau de l'état civil. La date de naissance exacte de son fils et celle, approximative, de sa fille Soudabeh : 27 novembre 1987.

À la même date et à quelques pâtés de maisons, était née Zahra. Les deux fillettes habitaient la même rue, avaient passé leur enfance ensemble, étaient allées à la même école, assises sur le même banc, et s'étaient juré de rester les meilleures amies du monde. Elles étaient toutes deux étonnamment belles, alors que leurs parents étaient laids ainsi que leurs frères et sœurs. Les deux gamines se ressemblaient comme les deux moitiés d'une pomme coupée en deux, disait-on, à ceci près que Soudabeh était très brune et Zahra châtain et sensiblement plus petite de taille. Rêveuses, elles ne manquaient ni d'intelligence ni de vivacité.

Dès douze ans, voire plus jeunes, peut-être déjà à dix ans, ou même à huit, elles savaient d'instinct, à cause des regards insistants et concupiscents des garçons et des hommes, et aussi des cris incessants de leurs mères : « Éloigne-toi de la fenêtre ! Va couvrir ta tête… », que leur grande beauté était l'unique trésor qu'une fille de leur milieu possédait. Elles s'étaient promis qu'elles refuseraient de se marier à l'un de ces pauvres hères, délinquants drogués, agglutinés au coin des rues. Elles rêvaient d'une autre vie, celle des gens riches, éduqués, cultivés, distingués et certainement heureux, pensaient-elles, des gens qu'elles n'avaient jamais vus, sauf à la télé et dans certains films. Elles travaillaient bien à l'école pour réussir. Elles ne voulaient pas de cette vie de misère, de violence, de drogue, de malheur et de résignation. Elles quitteraient ce quartier ensemble.

Les parents de Zahra, religieux intégristes, l'avaient habituée à porter le voile dès quatre ans, avant de commencer l'école primaire et à faire ses prières bien avant ses neuf ans. À force de répéter des dizaines de fois par jour Allah Akbar dans chaque prière dès la plus tendre enfance, elle s'y attacha très profondément.

Vu sa grande beauté, son père la maria à douze ans, alors qu'elle n'avait pas encore eu ses règles et que ses seins n'avaient pas poussé. « Une fille si belle est un danger permanent, une tentation diabolique même pour ses propres frères », disait-on. Elle fut obligée de quitter l'école, non sans chagrin. Les deux amies avaient beaucoup pleuré, dans les bras l'une de l'autre. Leur rêve de s'enfuir vers une vie meilleure prenait fin.

Zahra avait peur de sa nuit de noces, dont elle ignorait le déroulement et les détails. Elle avait peur aussi de cet homme étranger qui avait deux fois et demi son âge et qu'elle avait vu seulement l'après-midi où il était venu, avec sa mère, chez eux, demander sa main. Le mariage était célébré entre pauvres ; petite assemblée, petite fête, petit dîner. Elle était triste dans sa robe blanche, trop grande pour elle, louée dans un magasin de robes de mariées bon marché ; et Soudabeh, malgré son amour pour son amie, la jalousait un peu : Zahra allait connaître cette mystérieuse et fascinante nuit de noces avant elle.

Le lendemain, Soudabeh attendit devant la maison du mari de Zahra, deux rues plus loin, et lorsqu'elle le vit sortir, frappa à la porte. Zahra se jeta dans ses bras, visage en larmes. Curieuse et impatiente, Soudabeh la questionna. Elle lui dit que c'était comme « enfoncer d'un coup de marteau un clou. Ça fait mal, ça déchire, ça saigne, puis ça pique ». Soudabeh fut très déçue et consola son amie.

Son époux avait dépucelé la gamine sans égard ni tendresse. Brutalement. Ce qui l'avait fait jouir

19

puissamment. Préparer sa très jeune épouse avec des caresses et des baisers, l'exciter de sorte que son vagin fût humide et prêt à être pénétré était une vision avilissante et dégradante pour la sexualité virile des hommes de son milieu. On pénètre sa femme avec force, d'un coup, comme on enfonce une porte. Comme on viole. On pénètre sa femme vagin sec et fermé avant qu'elle n'écarte les cuisses comme une pute.

La première soirée, son mari l'avait pénétrée trois fois. Sa vulve lisse et encore sans poils, son vagin petit et étroit étaient irrités, blessés et douloureux. Les autres nuits et les autres pénétrations se passèrent de la même façon. Apeurée par l'expérience de la première soirée, elle se crispait dès que son mari l'approchait.

Les deux amies se voyaient tous les jours, dans l'après-midi, après l'école. Soudabeh aidait Zahra à suivre l'enseignement, avant que son mari ne rentre à la maison, mais elles savaient toutes deux que cela ne durerait pas longtemps ; tôt ou tard, les parents de Soudabeh la retireraient de l'école et la marieraient elle aussi.

Le malheur de Zahra ne tarda pas à éclater au grand jour : son mari avait dissimulé son addiction et s'était présenté comme un honnête ouvrier. Quatre mois après le mariage, il fut incarcéré pour trafic d'héroïne.

« C'est une très lourde responsabilité que de garder sous son toit une si jeune et belle femme sans mari, c'est un déshonneur », entendait-on ici et là.

Zahra n'était plus vierge et son père refusa de la reprendre. Une marchandise abîmée. La gamine fut obligée de partir au village avec sa belle-mère chez les parents de celle-ci, en attendant que son mari sorte de prison.

Peu après, la famille de Soudabeh déménagea. Son père, ouvrier du bâtiment, souvent au chômage, était sorti un matin et n'était pas rentré le soir, ni les jours suivants. Au bout de quelques mois, la mère de Soudabeh, qui ne pouvait plus payer le loyer, avait pris ses enfants et était retournée dans sa petite ville natale, Tus, à 40 kilomètres de Mashhad. Les deux amies furent ainsi définitivement séparées.

Selon sa fausse date de naissance, 27 novembre 1987, à douze ans et sept mois, Soudabeh eut ses règles. Aguerrie par le malheur de Zahra, elle pensa à fuguer pour échapper à sa destinée. Elle n'allait plus à l'école, sa mère ne pouvait payer les frais de sa scolarité, et elle ne pouvait non plus garder longtemps à la maison une si belle fille, réglée.

Elle savait que le mariage n'allait pas tarder.

Un matin, très tôt, alors que la petite ville dormait encore, Soudabeh quitta la maison et ne rentra ni le soir, ni les jours suivants, comme son père.

La procédure

Goli était à la recherche de sa fille depuis deux heures. La fillette de huit ans avait disparu, évaporée. Goli avait parcouru le quartier rue par rue, mètre par mètre, comme si sa fille avait été une souris qui pouvait se cacher dans un coin ou dans un trou. Elle avait questionné voisins, habitants, commerçants et passants. Les uns et les autres, dans le voisinage, l'avaient vue, dans la rue, le matin, allant à l'école ou à midi, revenant de l'école... Nul n'était sûr de rien. Les témoignages étaient vagues et contradictoires. Elle s'était sérieusement inquiétée et avait couru au commissariat où elle avait attendu deux heures dans une queue d'une dizaine de personnes, devant l'unique guichet – une fenêtre qui donnait directement dans la rue –, avant d'être interrogée par un policier qui lui avait demandé l'âge, le prénom, le nom, la taille et la couleur des yeux de la gamine, et enfin où était le père de celle-ci.

Goli répond impatiemment :
— Il n'est pas là.

— Il est où ?

— Je sais pas.

— Il rentre quand ?

— Je sais pas.

— Qu'est-ce qu'il fait ?

— Quel rapport avec la disparition de ma fille ?

— C'est la procédure. Quel est le métier de votre mari ?

— Procédure de quoi ? Ça fait des heures que j'attends ici, quelqu'un a volé ma fille de huit ans et vous me demandez la profession de mon mari...

— Vous n'êtes pas le tuteur de votre fille, c'est à son père de venir déclarer sa disparition.

— Vous voulez dire que ma fille que j'ai portée dans mon ventre n'est pas ma fille ?

— Ventre ou pas, vous n'avez aucune autorité sur les enfants de votre mari. Ne me faites pas répéter des évidences... Où est son père ?

— En prison. Ça vous va ?

— Pour quel motif ?

— La disparition de ma fille ne vous intéresse pas ?

— Madame, répondez à mes questions. Pour quel motif ?

— La drogue.

— Était-il drogué ou trafiquant ?

Goli s'effondre en larmes :

— Au nom de Dieu, comprenez la douleur d'une mère désespérée...

— Madame, c'est la procédure. Votre mari était-il drogué ou trafiquant ?

— Les deux.

— Quand a-t-il été arrêté ?

— Mais enfin, quel rapport ?

— C'est la procédure, je vous l'ai déjà dit.

— Depuis quand il y a des procédures dans ce pays ?

— Madame, faites attention à ce que vous dites.

— Écoutez, ma fille rentrait tous les jours à midi et...

— Quand il a été arrêté, votre mari ?

— Il y a cinq ans, non, six ans peut-être, je sais plus.

— Il est dans quelle prison ?

— Prison centrale. Maintenant, on peut s'occuper de ma fille ?

— C'est ce que je fais.

— En me questionnant ? Vous allez la retrouver dans ma poche ?

— À combien d'années de prison votre mari a été condamné ?

— Trente-cinq ans, vous êtes content ? Vous avez fini de me questionner ?

— Madame, je vous répète pour la dernière fois, c'est la procédure.

— Je m'en tape de votre procédure...

— Madame, restez polie. Attention à ce que vous dites ! Sinon je serai obligé de vous arrêter...

— C'est la seule chose que vous sachiez faire, arrêter une mère qui vient déclarer la disparition de sa fille de huit ans ?

— Vous n'êtes pas la seule. Vous voyez les gens qui font la queue derrière vous, ils ont tous des problèmes.

— Vous appelez ça un problème ? Ma petite fille est... est peut-être...

— Vous n'aviez qu'à la surveiller...

Goli éclate en sanglots.

— Madame, calmez-vous, sinon je suis obligé de...

— De m'arrêter ? Allez-y. Vous attendez quoi ? Arrêtez-moi ! Je suis une mauvaise mère, sinon ma fille ne serait pas perdue. Arrêtez-moi...

— Madame, calmez-vous.

— Qu'est-ce qui se passe ? crie un autre policier.

— Sa fille a disparu, son mari est un trafiquant emprisonné, crie à son tour le policier qui interrogeait Goli.

— Calmez-vous, madame. Une femme n'élève jamais la voix. Sinon je serai obligé de vous arrêter pour attentat à la pudeur, la menace le deuxième policier.

— Est-ce que vous rendez visite à votre mari ? reprend le premier policier.

— Non.

— Vous êtes toujours sa femme ?

— Oui.

— Vous n'avez pas demandé le divorce ?

— Pourquoi ? Pour me marier avec un autre drogué ?

— Répondez à la question.

— Non.

— Vous avez d'autres enfants ?

— Non.

— Pourquoi ?

— Parce que mon connard de mari a été arrêté juste après la naissance de ma fille.

— Restez polie, madame. Une femme doit respecter son mari, même s'il a commis des erreurs. Vous vivez seule ?

— Oui.

— Comment vous gagnez votre vie ?

— Je fais des ménages.

— Est-ce que votre mari a des contacts à l'extérieur de la prison ?

— Qu'est-ce que j'en sais, moi !

— Est-ce que quelqu'un vous a contactée de la part de votre mari ?

— Non.

— Vous n'avez rien remarqué d'inhabituel ?

— Comme quoi ?

— Je sais pas moi, quelque chose d'inhabituel.

— Non.

— Bon, dit le policier en se levant.

— Alors, pour ma fille ?

— Je vais remettre le dossier.

— À qui ?

— Eh bien, aux services responsables.

— C'est tout ?

— Qu'est-ce que vous voulez qu'on fasse ? Vous m'avez dit que vous aviez cherché mètre par mètre dans tout le quartier.

— Alors vous m'avez posé toutes ces questions pour rien ?

— C'est la procédure. Rentrez. Peut-être qu'elle est déjà à la maison.

— Et si elle n'y est pas ? sanglote à nouveau Goli.

— Je ne sais pas, moi. Qu'est-ce que vous voulez que je vous dise ? Peut-être que votre mari l'a vendue à un trafiquant qui lui procure sa dose en prison.

— C'est scandaleux, ils ne sont pas surveillés, les prisonniers ?

— Madame, c'est la troisième fois que vous me criez dessus, je le supporte parce que vous avez perdu votre fille... Allez questionner votre mari... Personne suivante !

Goli marcha d'un pas rapide, en priant ciel et terre que sa fille soit déjà à la maison, et en maudissant les policiers, le pays, ses dirigeants, les trafiquants, son mari... Dans son désarroi, elle s'égara dans l'obscurité. Elle buta sur un obstacle et manqua tomber. Un corps.

D'horreur, elle cria : « Ah mon Dieu ! » Elle se jeta sur le corps. Ce n'était pas sa fille. Elle courut pour s'éloigner du cadavre en marmonnant : « Ça doit être une autre de ces saletés de putes. »

Quelques heures plus tard, une voiture des gardiens de la morale a repéré le cadavre sur lequel avait trébuché Goli. Au commissariat, le chef de la police nota :

« Sans doute une troisième prostituée victime ! »

Goli n'a jamais retrouvé sa fille. Lors de sa visite à la prison, son mari nia toute implication dans son enlèvement éventuel et l'accusa à son tour de l'avoir vendue.

Le petit miroir de Zahra

Le mari de Zahra fut relâché un an plus tard. Il loua une chambre dans une banlieue pauvre de Mashhad et y ramena sa jeune épouse. Zahra n'avait jamais aimé son mari et à présent, après une année de vie de misère au village, dans une situation de quasi-séquestration durant laquelle non seulement, réduite en esclavage, elle s'était occupée de sa mère et de ses grands-parents, mais avait aussi supporté dans l'obéissance leur méchanceté et mille avanies, elle le détestait. À cause de lui, elle avait dû quitter l'école, sa meilleure amie et leurs rêves. Le soir de leurs retrouvailles, il la pénétra, brutalement. Elle eut mal, moins que la première fois, et quand il se retira, elle saigna ; beaucoup, plus encore que la première fois : elle venait d'avoir ses premières règles.

Trois mois plus tard, elle tomba enceinte. Sans aucun amour pour son mari et sans avoir jamais joui du sexe, elle était cependant contente d'être enceinte ; enfin, elle aurait quelqu'un à bercer, à câliner, à aimer. Son enfant. Comme autrefois elle avait bercé sa seule poupée en plastique. Elle n'avait jamais arraché les jambes, les bras ou la tête de sa poupée. Elle avait toujours été une fille très douce, très docile.

Elle pria Dieu de lui donner un enfant en bonne santé et si possible un fils. « Être une fille dans la pauvreté est une malédiction. Un garçon, même drogué et trafiquant, prend au moins plaisir à vivre certaines choses, par exemple la sexualité », avait-elle expliqué candidement à Dieu, en l'assurant de sa foi éternelle, et en lui jurant qu'elle se soumettrait, quelle que fût sa décision.

À la fin de son deuxième mois de grossesse, il se produisit un changement radical et inattendu dans le corps de Zahra. Un bouleversement.

Un matin, par miracle, elle fut libérée de ses nausées. Un bien-être physique. Son corps d'adolescente se transformait, devenait irrémédiablement celui d'une femme, d'une très jeune femme. Le fœtus qui grandissait dans son ventre lui faisait prendre conscience d'être ce corps qui se métamorphosait.

Un après-midi, nue dans la salle de bains, un petit miroir à moitié cassé à la main – le seul qu'il y eût à la maison –, elle passa, pour la première fois, de longues minutes à se regarder. Elle ne s'était jamais vue.

Elle tenait le miroir devant ses seins – ils avaient grossi et étaient lourds –, devant son ventre, sous son ventre, entre ses cuisses, puis le remontait devant ses seins ; émerveillée face à ce corps qui était, elle avait du mal à le croire, le sien. Elle se trouva très belle, même si elle ne se voyait que par petits bouts dans le miroir cassé sur lequel elle devait sans cesse essuyer la buée. D'une main, elle tenait le miroir devant ses seins et de l'autre, elle les caressait. Elle passait ses doigts fins, délicatement, autour de chaque téton : une excitation sexuelle étourdissante et inconnue s'empara d'elle. Elle redescendit le miroir devant son sexe et y enfonça son index. C'était chaud, humide, doux. Bien que pénétrée par son mari, elle ne s'était jamais touchée elle-même. Elle avait envie de s'allonger, de se caresser toute la journée, de laisser couler l'eau chaude sur son corps, entre ses cuisses. Elle était désirable, mais surtout elle désirait. Elle posa le miroir et pinça ses tétons dressés ; ça l'excitait au point de miauler comme une chatte en chaleur.

Cette nuit-là, allongée dans l'obscurité à côté de son mari, une énergie magnétique émanait d'elle. Une sexualité débridée. Un désir brut. Si son mari ne l'avait pas prise, c'est elle qui, peut-être, aurait osé se jeter sur ce corps d'homme. Il la pénétra, à son habitude, abruptement et fut étonné de ne pas trouver un vagin sec, frigide et fermé, mais humide, ouvert et accueillant. Pour la première fois, Zahra connut la jouissance sexuelle.

À partir de cette nuit, son corps de jeune adolescente enceinte guettait, cherchait, désirait le corps de son mari. Dès que celui-ci l'approchait, sa vulve se mouillait, son vagin s'ouvrait et dévorait la verge qui la pénétrait. Elle aurait voulu être pénétrée toute la journée, toute la nuit ; que le sexe de son mari restât à jamais en elle, puissant, bandant, dur. Elle se mordait les lèvres pour étouffer les cris du plaisir.

Elle crut aimer son mari. Elle tomba amoureuse de lui. Elle l'aima.

Elle était contente dès qu'il rentrait à la maison, elle jouait la femme. Ses seins fermes, ronds, lourds, excitaient son mari. Zahra devenait de plus en plus belle, et il lui faisait l'amour chaque matin avant de quitter la maison, lors de la sieste après le déjeuner, et chaque soir avant de s'endormir. Parfois, en pleine nuit, pendant qu'il dormait, elle glissait sa main dans son pyjama, caressait sa queue, et dès qu'il allait se réveiller, bandant, elle retirait sa main, lui tournait le dos, en lui offrant ses fesses, feignant de dormir ; ce qui excitait encore plus son mari qui, à peine réveillé, la pénétrait par-derrière. Elle aimait qu'il la prenne violemment, qu'il enfonce sa grosse queue en elle d'un coup.

Malgré cette intimité et cette entente sexuelle, les époux ne se parlaient pas. Le jeu de séduction n'était jamais explicite. Pas une fois, Zahra ne cria « encore, encore ! » ou « plus fort ! » ni même « Ah mon Dieu ! » alors que, pieuse comme elle était, il eût été normal qu'elle invoquât Dieu dans un tel moment d'extase. Elle se mordait les lèvres pour étouffer ses cris. Sa jouissance à elle, toute mariée qu'elle fût, demeurait clandestine. Ce qui la rendait plus ardente.

Un Afghan et sa charrette

Après une longue et chaude journée de travail sans gain, la charrette à bras d'un Afghan a heurté un obstacle – faisant du porte-à-porte dans les quartiers populaires ou pauvres, les marchands de sel échangent le sel contre du pain sec. Il recula sa charrette, découvrit un cadavre entouré d'un tchador, vérifia que nul ne l'avait vu, repoussa de toutes ses forces la charrette pour s'éloigner le plus rapidement possible. Au premier croisement, il tourna à gauche.

Il avait eu assez de malheurs et vu assez de cadavres dans sa vie pour savoir qu'il valait mieux ne pas se mêler des crimes des autres. Il ne dit mot à personne, pas même à sa femme, lorsqu'il rentra chez lui, dans un abri fait de cartons et de matelas de fortune, sur un terrain vague, où il vivait avec sa famille dans un des bidonvilles les plus dangereux.

Ce quatrième corps de femme avait été jeté dans un autre caniveau sans eau non loin de l'endroit où le premier et le deuxième avaient été découverts. Les caniveaux sont majoritairement sans eau à la lisière de Mashhad, par saison sèche.

À onze heures du soir, un appel d'une cabine télé-phonique avait alerté le commissariat. Sans se présen-ter, l'inconnu avait signalé l'endroit où se trouvait le cadavre et, avant de raccrocher, avait ajouté : « Une autre traînée s'est fait prendre ! »

Quand la police était arrivée sur place, aucune foule n'entourait la victime. Le quartier était dangereux et sans éclairage. Dès la tombée de la nuit, les gens rentraient chez eux et restaient enfermés. Le lende-main matin, lorsque les premiers ouvriers sortirent pour se rendre au boulot, le corps avait déjà été enlevé.

Les habitants du quartier ignorèrent qu'une autre femme avait été assassinée.

Sur un bout de papier, le policier avait noté :
Victime : Inconnue.
Âge : 15-20 ans.
Probablement prostituée.

Lorsqu'il donna le bout de papier à son supé-rieur, celui-ci raya avec un stylo rouge le mot « probablement ».

Depuis la découverte des corps de femmes en tcha-dor, aucune disparition correspondant aux victimes n'avait été signalée à la police. Comme si ces femmes assassinées n'avaient ni mère, ni père, ni frères, ni sœurs, ni mari, ni famille, ni amis, ni enfants… C'étaient des parias dont nul ne s'était inquiété ou que nul n'avait osé rechercher auprès de la police.

Anulingus et la fille de Myriam

Myriam sortit dans la soirée, avant que la nuit ne s'étende sur la ville. Elle arriva à l'un de ses emplacements habituels – comme la plupart des prostituées, pour des raisons de sécurité, elle en changeait souvent. Après seulement deux minutes, une voiture s'arrêta, le conducteur baissa la vitre, elle négocia le prix, puis monta sur la banquette arrière. De bouche à oreille, après presque huit ans de métier, elle s'était fait un petit cercle de clients. Elle avait divisé son emploi du temps : trois nuits par semaine, elle recevait ceux qui avaient pris rendez-vous par téléphone, et trois nuits, elle attendait le hasard et les nouveaux clients dans la rue. Elle n'avait pas, comme ces prostituées modernes, sa page Facebook ou Instagram, elle n'était pas familière d'Internet et était depuis suffisamment longtemps dans le métier pour pouvoir se passer des multiples possibilités offertes par la technologie. Et puis, elle trouvait vulgaires ces nouvelles putes des pages roses qui s'affichaient sans pudeur sur l'écran des ordinateurs. Même une pute doit garder une certaine retenue, estimait-elle. Quand elle travaillait, elle était prostituée, mais quand elle ne travaillait pas, elle était la mère de sa fille : une femme. Or, sur Internet, les filles étaient putes 7 jours sur 7, nuit et jour, 24 heures sur 24.

Elle envisageait d'arrêter avant ses trente ans. Elle avait économisé un peu d'argent et pensait ouvrir un magasin de chaussures pour enfants, mais la situation économique désastreuse et l'inflation vertigineuse, depuis plusieurs années, l'avaient forcée à dépenser une grande partie de ses économies. Avant, elle n'acceptait pas les clients qui lui paraissaient sadiques, louches, dangereux, répugnants. Ces dernières années, le nombre de prostituées avait augmenté aussi spectaculairement que l'inflation, et les clients, ayant un éventail de choix beaucoup plus large et des offres alléchantes, négociaient dur le tarif. La concurrence était devenue rude, d'autant que les nouvelles recrues entraient de plus en plus jeunes dans le métier. Une prostituée de vingt-cinq ans était considérée comme une vieille peau en comparaison des filles de quatorze, quinze, seize ans, très nombreuses sur le marché du sexe.

Nul ne sait pour quelle raison une fille de quatorze ans éveille tant de fantasmes sexuels chez les hommes de ce pays. Il y a un proverbe persan qui dit : une fille qui arrive à vingt ans – sous entendu sans être mariée –, il faut pleurer sur son sort. « *Dokhtar qué Shod biste, bayad bé halash guériste.* » Et ça rime en persan !

Après son troisième client, Myriam rentra chez elle. Sa fille était malade et elle ne voulait pas la laisser seule. La gamine ignorait le métier de sa mère. « Tu seras avocate ou médecin, et pas autre chose », répétait-elle à sa fillette de dix ans, très bonne à l'école. « Je serai avocate », déclarait la gamine d'un ton volontaire.

Le lendemain soir, Myriam hésita à se rendre au travail, la fièvre de sa fille avait augmenté et les aspirines se révélaient inefficaces. Elle lui avait préparé une soupe au poulet et après le dîner, dès que l'enfant fut endormie, elle sortit travailler une heure ou deux. À peine fut-elle dans la rue qu'une Mitsubishi s'arrêta. Elle donna son prix, le type accepta sans négocier, ce qui lui parut un peu suspect. Cependant elle monta, contente d'avoir un client tout de suite. Il faisait très froid.

— Je veux une fellation.

— Pas de problème, répondit-elle, étonnée qu'il ait accepté un prix assez élevé pour une pipe.

— Pas une fellation classique, je veux que tu me lèches le trou du cul et à fond.

Elle posait déjà la main sur la poignée de la portière pour l'ouvrir, mais elle changea d'avis et demanda :

— Tu t'es bien lavé ?

— Oui, j'ai pris une bonne douche juste avant de venir.

— Si tu veux que je te fasse la totale, je demande le double et d'avance.

— C'est beaucoup.

— À prendre ou à laisser.

— Et si je ne suis pas satisfait ?

— Tu le seras.

Elle mit l'argent dans son sac. Le type passa à l'arrière. Dans le noir total qui règne dans les quartiers périphériques, nul ne peut voir ce qui se passe à l'intérieur des voitures. Le type baissa son froc, s'allongea sur la banquette arrière, Myriam s'accroupit devant lui, coincée entre ses deux cuisses et le siège avant.

— Tu commences par me lécher le cul, puis tout en continuant avec ta langue, tu me caresses les couilles d'une main et de l'autre tu me branles, mais je te dirai quand. D'abord je voudrais seulement que tu me lèches le trou du cul ; et rien d'autre.

— D'accord, répondit-elle, avant de se mettre à l'ouvrage.

Non content de se laver minutieusement, le type avait pris soin de se parfumer légèrement le postérieur pour sentir bon. Ça parut long et laborieux à Myriam. L'éjaculation eut enfin lieu.

En descendant de la voiture, elle voulut rentrer, mais une autre voiture s'arrêta, elle donna son tarif, le mec ne marchanda pas. Elle pensa que c'était sa journée de chance. Elle monta.

Ce soir-là, sa fille se réveilla vers onze heures, sa mère n'était pas encore rentrée, elle l'attendit tard dans la nuit, puis s'endormit à nouveau. Le lendemain, lorsque la gamine se réveilla, sa mère n'était toujours pas là.

Le corps de Myriam fut retrouvé dans un fossé. Comme les autres prostituées, elle avait été étranglée.

Peugeot ou Renault ?

Neuf heures du soir. Une Peugeot grise roule lentement depuis trois minutes dans une des rues touristiques de la sainte ville aux mille visages, Mashhad, non loin du mausolée de l'imam Reza. On pense au premier abord qu'elle cherche une place pour se garer. Devant la Peugeot roule tout aussi lentement une Renault. On remarque une place libre, mais aucune des deux voitures ne la prend. On se demande si la Peugeot ne « file » pas la Renault qui elle-même cherche on ne sait quoi. Ou alors elles sont ensemble. La Renault tourne à gauche, dans une rue étroite. La Peugeot hésite au croisement, puis tourne aussi.

Un tchador noir marche sur le trottoir : une femme.

On ne distingue rien, pas même son visage.

Elle se retourne dès qu'elle entend une voiture derrière elle. Le tchador s'entrouvre le temps d'un clin d'œil et se referme aussitôt.

Le conducteur de la Renault freine et s'arrête.

Le tchador s'empresse et s'engouffre dans la voiture, comme une souris dans un trou.

La Renault quitte la rue, tourne à gauche, puis à droite, et, sur le grand boulevard, se dirige vers un quartier périphérique.

La Peugeot la suit. Le conducteur de la Renault remarque la Peugeot, il pense que le type doit être à la recherche de la même proie et ne semble pas s'inquiéter. Il emprunte une voie déserte, se gare et éteint moteur et lumières. Le conducteur de la Peugeot fait de même cent mètres derrière.

À peine cinq minutes plus tard, la Renault redémarre, fait demi-tour et rebrousse chemin. La Peugeot aussi.

Le tchador noir descend de la Renault dans l'une des rues sombres où il avait été embarqué, toujours non loin du saint mausolée de l'imam Reza. La femme sous le tchador longe la rue. Elle se retourne à son habitude, pour vérifier si elle est suivie.

La Peugeot grise roule lentement.

Le tchador s'entrouvre à nouveau, le temps d'un clin d'œil.

La Peugeot freine et s'arrête à sa hauteur.

Le tchador s'empresse et monte à l'arrière.

Voilà à quoi peut ressembler la prostitution dans une des villes les plus religieuses et traditionnelles d'Iran. Ces femmes en tchador doivent être totalement invisibles – comme il se doit – et provocantes : ne pas se faire remarquer par les agents de la morale islamique et attirer les éventuels clients. Tâche ardue et contradictoire. Elles portent le hijab le plus sévère et parviennent à se prostituer sans montrer la plus infime parcelle de leur corps. Du grand art !

Tchador clignotant !

De longs après-midi désœuvrés ponctués de pistaches sous la voûte d'un bleu brûlant. Des passants aux grands yeux noirs, asséchés par la chaleur, brillants de soleil, toujours soupçonneux, lucioles affolées, toujours aux aguets, surveillant jalousement les tchadors noirs qui s'ouvrent, antres sombres, vagins géants, dévorant les hommes.

C'est très mal vu, un tchador qui s'ouvre furtivement. Indice de pute. Tchador clignotant.

Tout se montre alors que tout est censé être dissimulé, caché, à l'abri des regards *nâmahrâm*, illicites. Tout se montre, tout s'offre, le temps d'un seul regard. Indiscret. Voyeur. Voleur. Concupiscent. Le regard vole. Le regard des hommes dans cette contrée est aussi pénétrant que leur sexe. Plus puissant que leur sexe. Dès qu'un tchador noir s'ouvre, les regards y pénètrent aussitôt.

Et le péché est déjà là. Dans le regard des hommes. Dans la démarche de la femme. Promesse d'une pénétration plus intime. Plus profonde. Plus jouissive. La peur, le danger et l'interdit aiguisent le désir.

Comment expliquer aux hommes occidentaux, dont les yeux se repaissent à volonté des jambes interminables des mannequins, des culs moulés dans les bikinis des filles blondes ou brunes, des nichons pigeonnants superbement mis en valeur par des décolletés généreux..., comment expliquer à ces hommes occidentaux que dans la sainte ville de Mashhad, lorsqu'un bref instant un tchador noir s'entrouvre, le feu d'artifice s'allume dans le regard des mâles frustrés qui ne pensent qu'à y pénétrer ?

Ici, sur cette terre sacrée de l'islam, souillée pourtant par le péché, Shéhérazade et ses mille et une nuits de fables se muent en une seule nuit et mille et une fornications.

Sous le tchador, les prostituées, comme toutes les femmes ensevelies sous le voile, sont réduites à un trou. Pas de décolletés dans lesquels les regards plongent, pas de longues jambes qu'on croise et décroise et qui laissent apparaître furtivement une petite culotte rouge, noire, blanche, qui fait fantasmer aussitôt les hommes ; ni même des talons aiguilles – une femme dans ce pays, même une pute, se déplace sans faire de bruit. À travers le tchador noir, les clients ne voient ni jambes, ni seins, ni peau, ni boucles de cheveux, ni chute des reins... les hommes visent directement le trou où tremper leur bite, c'est tout.

Dans la ville aux mille visages, la nuit, d'abord gris rose, puis noire, tombe toujours à l'heure, parfois en avance, empressée qu'elle est d'accueillir les putes dont la noirceur du tchador se confond avec la sienne.

Pas de mots. Pas de parole dans les rues tortueuses qui attendent clandestinement les femmes aux tchadors clignotants. Derrière une porte, dans la pénombre, l'homme sort les billets de sa poche, les pose dans la paume de la main de la femme avant d'entrer sa queue dans sa fente.

Le tchador est toujours là. Il entoure le corps. Le corps de la femme. Le corps dévorant. Le corps coupable. Le corps du péché.

La nuit, la souillure humide, la souillure d'entre-jambes plane sur la sainte ville et l'odeur des queues éjaculant et des cons accueillants remplit dès l'aube les narines des croyants pratiquants.

Avec l'aide de Dieu

Soudabeh quitta à l'aube la maison, avant que sa mère ne fût réveillée, marcha d'un pas rapide pour sortir de la minuscule ville où tout le monde connaissait tout le monde. Elle psalmodiait ses phrases pieuses, levant la tête vers le ciel bleu orange, dans l'espoir d'y apercevoir un signe : « Dieu, tu me diras ce que je dois faire, dans quelle voiture je dois monter, à qui je dois faire confiance... Dieu, tu m'aideras... » Elle portait un tchador noir, dissimulait son visage afin de paraître adulte. Elle n'avait ni plan, ni projet, ni argent, seulement du pain beurré dans son sac pour la journée ; et pour le reste, elle comptait sur Dieu : il ferait arrêter une voiture avec un conducteur honnête..., arrivée saine et sauve à Téhéran, la grande capitale, qui la faisait rêver, Dieu l'aiderait encore à trouver du travail chez des gens bien... Elle reprendrait ses études le soir...

À la sortie de la ville, elle attendit au bord de la route. Au bout de trente secondes, un camion s'arrêta. Elle prit peur, ne s'avança pas. Un camion ? Non ! C'est trop dangereux. Le camionneur klaxonna. Au même moment, une voiture s'arrêta devant Soudabeh. Elle ouvrit la portière et y monta pour échapper au camionneur.

— Vous travaillez ? lui demanda le conducteur – un jeune homme d'à peine vingt ans – en la regardant dans le rétroviseur.

— Je vais à Téhéran, répondit Soudabeh en cachant toujours son visage sous son tchador, dont elle tenait les deux bouts de la main droite au-dessus de son nez, en laissant apparaître seulement un œil.

Sa voix enfantine et son ton ingénu surprirent le conducteur, qui avait cru avoir affaire à une prostituée expérimentée et très matinale ; même si elle n'avait pas clignoté avec son tchador.

Un rien fait de vous une pute, dans cette contrée. Femme, dès qu'on vous remarque, pour quelque raison que ce soit, vous êtes forcément une pute. Une femme vertueuse est une femme invisible. Un tchador noir que rien ne distingue des autres tchadors. Un tchador seul, sur une route déserte, si austèrement fermé qu'il soit, se fait remarquer, il s'y cache donc une pute.

— Qu'est-ce que vous allez faire à Téhéran ?

Après un moment de flottement, Soudabeh, qui n'avait préparé aucune histoire, improvisa :

— Je vais m'occuper de mon père, il est très malade.

— Et votre mari ? Il vous laisse partir comme ça, en montant dans des voitures...

— Il est en prison. Vous allez à Téhéran ou pas ?

— Non, je vais à Mashhad.

44

— Alors je vais descendre.

— Je vous emmène à Mashhad et de là-bas vous pouvez prendre un bus qui va à Téhéran, si vous avez de quoi payer le billet.

— Merci.

Au bout de dix minutes, le chauffeur quitta la route et emprunta un chemin non goudronné. Soudabch paniqua :

— Vous allez où ?

— Régler un truc, ne vous inquiétez pas.

Il arrêta la voiture au milieu de nulle part. Pas un signe de vie. Pas un chat. Il descendit. Elle restait blottie sur la banquette arrière. Il ouvrit la portière, monta à côté d'elle en la poussant.

— Qu'est-ce que vous faites ? Qu'est-ce que vous voulez ?

Il lui arracha le tchador d'un mouvement violent et fut surpris de découvrir un si magnifique visage.

— Tu es toute jeune et mauvaise menteuse.

Avant qu'elle n'eût le temps d'ouvrir la portière pour s'échapper, il la plaqua sur la banquette et se mit sur elle. Il l'embrassa, de telles lèvres si désirables sont si rares. Elle se débattit, cria au secours. Il l'embrassa à nouveau. Elle lui mordit les lèvres. Il lui donna une gifle, puis baissa son froc et celui de la gamine. Il la gifla à nouveau. Une fois. Deux fois... Il continua à la gifler et ça l'excitait. En pleurant, elle le supplia au nom de Dieu. Il enfonça, d'un coup, son sexe dur en elle. Elle cria. Il éjacula aussitôt. Se laissa tomber sur le corps de Soudabeh. En se levant, il vit le sang sur sa bite, entre les cuisses juvéniles de sa proie.

— T'étais vierge, en plus. Attention, ne salis pas la banquette – il ouvrit le coffre, sortit un chiffon gras. Tiens, nettoie-toi avec ça. Salope, tu m'as mordu les lèvres ! Putain, ça saigne. On est quitte, hein...

Allongée sur la banquette, les jambes tremblantes, Soudabeh se rappela les mots de son amie au lendemain de sa nuit de noces : « C'est comme enfoncer, d'un coup de marteau, un clou. Ça fait mal, ça déchire, ça saigne. » Elle remonta son pantalon, se cacha dans son tchador. Le violeur grilla une cigarette, pissa et remonta à l'arrière.

— On remet ça ? Hein ? Tu verras, la deuxième fois c'est mieux.

Soudabeh le laissa faire. Elle ne se défendit pas. Ne cria pas. Ne pleura pas. Ne lui mordit pas les lèvres. Ne bougea pas.

— Tu fais quoi là, salope ? Tu fais la morte, c'est ça ? Si tu veux mourir, tu n'as qu'à me le dire. Je t'enterrerai ici. Bouge, bouge si tu veux que tout se passe bien.

Soudabeh bougea.

— Non, pas comme ça. Comme la première fois, défends-toi, raidis ton corps, résiste, mais sans me mordre.

Soudabeh obéit. Feignit de se défendre, sans pleurer, sans crier, sans supplier au nom de Dieu. Ça dura plus longtemps et il finit par éjaculer.

— Bon, maintenant, je veux que tu saches que je ne suis pas un violeur. J'ai pensé que t'étais une pute.

Face au silence de Soudabeh, il éleva la voix :

— Tu m'écoutes ?

46

— Oui.

— Alors, dis-moi la vérité !

— Je vais à Téhéran parce que mon père a eu un accident, il a la jambe cassée.

— Et tu es mariée... ne me raconte pas de conneries... dis-moi la vérité...

— C'est la vérité. Je me suis enfuie de chez mes grands-parents pour aller chez mon père. J'ai dit que j'étais mariée pour paraître adulte.

— Et où il est exactement, ton père ?

— Il habite au 35 avenue de l'Imam Khomeiny, lança-t-elle au hasard, pensant que ce type ne devait pas connaître Téhéran non plus.

— Et comment tu sais ça ?

— J'habitais là-bas chez mon père, c'est la deuxième femme de mon père qui m'a envoyée chez mes grands-parents après son accident.

— Et ta mère ; t'as pas une mère, toi ?

— Si, elle est aussi à Téhéran, mais je ne sais pas où.

— Bon, je ne crois pas à tes bobards, mais je m'en fous. T'as de l'argent pour acheter un billet ?

— Non.

— Je t'en donnerai, mais on le fait encore une fois, et tu me fais bien bander.

Il se mit sur Soudabeh, se leva.

— D'abord suce-moi, attention à tes dents. Si tu fais des conneries, je t'éclate la cervelle contre la vitre et je t'enterrerai à moitié vivante dans ce désert.

Il enfonça sa bite dans la bouche de Soudabeh. Elle recula la tête. Elle allait vomir.

— Quoi ? Qu'est-ce que t'as ? Tu veux aller à Téhéran tranquillement ou pas ? Fais comme si c'était une banane. Tourne ta langue autour comme les enfants font avec la glace.

Malgré les nausées, elle fit tout ce qu'il lui demanda. Il éjacula dans sa bouche. Surprise, elle avala une grande partie de la semence, et dès qu'il retira sa bite, elle ouvrit la portière et cracha le reste. Il ressortit pour griller une autre cigarette. Soudabeh osa lui demander timidement :

— Alors on s'en va ?

— T'es pressée ou quoi ?

— Je voudrais arriver chez mon père avant la nuit.

— Je te baise une dernière fois, puis on s'en va.

Il enfonça encore sa bite dans la bouche de Soudabeh, il avait du mal à bander. Elle tourna sa langue longuement autour de sa bite molle. Quand sa queue devint enfin dure, il lui ordonna : « Baisse ton pantalon, baisse ton pantalon. » Elle se souleva pour exécuter l'ordre et la bite faillit sortir de sa bouche. Il cria : « Pas comme ça ! Attention, garde-moi dans ta bouche ! Non, ne change pas de mouvement ! Tourne ta langue comme tu faisais ; salope, tu vas me faire débander ! » Soudabeh s'appliqua à faire glisser son pantalon sans trop bouger et sans perturber le mouvement circulaire de sa langue autour de la bite enfoncée dans sa bouche. « Ah oui, c'est bon comme ça, t'es douée, vas-y, continue... » Il la pénétra en lui donnant des gifles, sans l'embrasser. Soudabeh bougeait, feignait de se défendre. Il éjacula pour la quatrième fois.

— Putain, j'ai une de ces faims. T'as de la chance de tomber sur moi ! Y a des gars vraiment tarés et dangereux. Il faut faire gaffe. T'es très jolie.

Il la déposa tout près de la gare routière. Avant de descendre, Soudabeh lui réclama :

— Et l'argent ?

— Tu vois, j'avais raison, t'es une pute. Y a un début à tout. Tiens, ça doit suffire. Il te restera de quoi payer un repas.

Elle acheta un billet, alla dans les toilettes, rinça plusieurs fois sa bouche, son visage, but de l'eau, mangea un de ses pains beurrés et monta dans le bus.

Le sang sans valeur !

Lorsque le cinquième corps de femme fut trouvé quelque part à la lisière de la sainte ville de Mashhad, un article dans un journal fit beaucoup de bruit : FESSAD SERA ENFIN ÉRADIQUÉE ! *Fessad*, mot persan d'origine arabe, signifie la corruption, la perversion, la débauche, et ici il désignait la prostitution, que l'article moralisateur condamnait sans appel. Quelques jours plus tard, les autorités ont déclaré, via la presse : « Cinq corps de femmes de rue – façon pudique de nommer celles qui font le trottoir – ont été trouvés. Connues de la police, elles avaient, toutes, des casiers judiciaires, avaient déjà été arrêtées, fouettées, incarcérées, puis relâchées… Quelqu'un les a éliminées. »

Le mot « éliminées » évitait soigneusement le terme « assassinées », qui pouvait heurter les plus farouches des fanatiques.

L'assassinat est condamnable selon la charia, tandis que l'élimination de *Fessad* est le devoir de chaque musulman.

Et où se niche la racine de *Fessad* si ce n'est entre les cuisses des femmes ? Des femmes de rue. Des

Putes. Quelle *Fessad*, quel Mal, quelle Immoralité pouvait être pire que l'entrejambe ouvert des prostituées pour un système qui ensevelit la féminité sous le voile ?

L'élimination des femmes de rue continua. Chaque fois qu'on découvrait une femme gisante, la police prétendait l'avoir déjà arrêtée, condamnée à quatre-vingts, cent, deux cents... coups de fouet, à six mois, huit mois, un an... de prison avant de la relâcher après un ultime avertissement. Toutes des putes.

Des informations approximatives sur l'état physique de chaque cadavre, y compris ceux qui avaient été déjà enterrés, furent notées rétroactivement sans qu'il y eût jamais d'autopsie : « visage tuméfié, quelques dents cassées ou manquantes... étranglée... » Sur chaque dossier, on avait collé soit une photo d'identité, soit une photo du cadavre quand il n'avait pas été trop amoché.

Il est primordial de savoir que, selon la législation islamique en vigueur en Iran depuis l'instauration du régime khomeinyste en 1979, la prostitution est un crime dont le châtiment est la peine de mort. Et si la prostituée est mariée, elle sera condamnée à la lapidation. Cette loi est écrite noir sur blanc et attribuée, comme toujours, à la volonté d'Allah, sans que l'on ait demandé l'avis de ce dernier.

Cependant, l'application de cette loi rencontre de très sérieux obstacles. La prostitution n'a jamais été aussi répandue dans le pays à cause de la pauvreté de l'immense majorité de la population, du trafic de la drogue, en particulier l'opium et l'héroïne. Dans les milieux pauvres, les filles, les sœurs, les épouses, les mères se vendent pour payer la dose de leurs pères, frères, maris, fils, quand ce n'est pas pour les nourrir, ou pour payer la leur. Les multiples sanctions économiques internationales, la mauvaise gestion gouvernementale, les sommes exorbitantes dépensées pour soutenir, depuis des décennies, Hezbollah, Djihad islamique, Hamas, Ennahdha, Frères musulmans, Assad et compagnie... ont entraîné une inflation vertigineuse et la pénurie de tous les produits, y compris alimentaires. Bénie soit l'idéologie islamique ! Beaucoup de femmes de la classe moyenne se prostituent pour les mêmes raisons ou pour préserver leur niveau de vie. Les étudiantes pour payer leurs études, les divorcées pour payer leur loyer ou pour ne pas être à la charge de leurs parents chez qui parfois elles retournent vivre. Les raisons de la prostitution sont nombreuses et variées : pour un simple repas chaud, pour une dose de drogue, pour un carré Hermès ou Dior – souvent en contrefaçon –, pour se faire opérer le nez, se payer une injection de Botox ou d'autres produits esthétiques, pour trouver un boulot ou le garder... La prostitution est un des fléaux qui gangrènent le pays à l'instar du chômage et de la drogue, alors qu'officiellement elle est prétendue inexistante. Morale des tartuffes !

Le nombre de prostituées n'est pas connu, mais la traite sexuelle est devenue une des activités les plus lucratives en Iran. Depuis 2001, selon l'ONG *Coalition against trafficking in women*, il y a eu une augmentation de 635 % du nombre des adolescentes prostituées. Les adolescentes fugueuses sont violées dans les premières vingt-quatre heures qui suivent leur fugue. Et la plupart ne sont jamais retrouvées par leurs parents et vendues aux réseaux de prostitution. Des milliers de filles et de femmes iraniennes ont été vendues à l'étranger, notamment à Dubaï, à Abu Dhabi... Les témoignages, les articles, les documentaires sur la prostitution en Iran abondent sur Internet, en anglais, en français, en allemand, en suédois et bien sûr en persan.

Dans ces conditions, imaginez la zizanie si les mollahs appliquaient leur loi : outre le désaveu du système islamique, à chaque coin de rue une femme serait pendue ou lapidée. Les mollahs se verraient confrontés à un problème on ne peut plus crucial : la pénurie de femmes. Le déséquilibre démographique entre femmes et hommes les obligerait non seulement à abolir le droit des hommes à avoir quatre épouses, mais à autoriser les femmes à avoir plusieurs maris... Trêve de plaisanterie ! On ne badine pas avec des sujets de si haute importance et les mollahs le savent.

Le choix du terme « élimination » avait résulté d'une longue consultation entre les mollahs : ils s'étaient trouvés face à un dilemme : condamner ou ne pas condamner ? « Qui est coupable dans cette histoire ? Les femmes de rue qui répandent la *Fessad* ou celui qui élimine la *Fessad* ? » avait titré la une d'un journal proche du régime qui exigeait l'acquittement de l'accusé. Par un tour de passe-passe, les victimes devenaient coupables et leur bourreau, le justicier qui appliquait la loi d'Allah.

Selon la loi d'Allah, justement, en tout cas dans la version chiite des mollahs iraniens, le sang de ceux et celles qui doivent être mis à mort est considéré comme, tenez-vous bien, le « SANG SANS VALEUR » (*mahdourodam*). Ce terme juridique dans la charia n'a pas d'équivalent exact dans les langues occidentales, mais il désigne littéralement ceux et celles dont le sang peut être versé sans péché. La vie humaine est tarifée par les mollahs. Prix fixe. Non négociable. Celle d'une bonne musulmane vaut la moitié de celle d'un bon musulman. Ne cherchez pas à comprendre, c'est comme ça. Une vie d'homme a deux fois plus de valeur que celle d'une femme, de même que son témoignage équivaut au témoignage de deux femmes... Revenons au raisonnement juridique : le sang d'un condamné à la peine de mort, ou d'une personne jugée *fâssed* – adjectif tiré du substantif *Fessad* –, corrompu, dépravé, pourri, au sens moral du terme, ne vaut même pas un centime, et ceux qui éliminent ces « condamnés » ne peuvent donc être condamnés à leur tour pour avoir éliminé le « sang sans valeur ». Dans le même esprit, lorsqu'une fatwa est décrétée par une autorité religieuse contre quelqu'un, comme par exemple celle de Khomeiny contre Salman Rushdie, il n'y a aucune récompense à la clé, contrairement aux westerns américains où les têtes sont mises à prix. Car en éliminant les « ennemis de l'islam » dont le « sang est sans valeur », les « bons musulmans » n'accomplissent que leur devoir.

Les mollahs qui, durant les premiers mois de leur arrivée au pouvoir en 1979, pendaient, lapidaient des prostituées à tour de bras – toutes les femmes qu'ils exécutaient à l'époque, anciennes ministres, députées, opposantes politiques... étaient « putes » même si elles ne s'étaient jamais prostituées –, se trouvaient dans l'embarras juridique. Leur charia, leur charabia, ne déterminait en rien le sort de quiconque élimine le « sang sans valeur ». Comment décréter coupable celui qui exécute les femmes qui répandent la pire immoralité et doivent être mises à mort selon leur propre loi ? Cas inédit !

Condamner ou ne pas condamner ? Tel fut donc le dilemme des mollahs : « Condamner un musulman qui accomplit son devoir et élimine la *Fessad* serait contraire à notre charia », affirmaient les uns. « Ne pas le condamner encouragerait quiconque à se prendre pour nous, à s'arroger le droit de déterminer quel sang est sans valeur », argumentaient les autres dans leur cercle fermé. Dilemme presque impossible à trancher !

Il faut cependant se méfier de ce « presque impossible », car les mollahs cachent mille et un tours dans les plis et replis de leur turban. Pour ne pas prendre une responsabilité collective, pour ne pas ébranler les fondements mêmes de la légitimité de leurs lois et pour ne pas ajouter d'aberration à la contradiction, il fut décrété que le seul mollah juge qui était en charge du dossier de « l'élimination des femmes de rue » aurait à déterminer si la personne qui éliminait les prostituées possédait la légitimité et le discernement islamiques nécessaires pour définir le « sang sans valeur ».

Tartufferie remarquable.

Le discernement islamique est une vaste discipline, insondable, enseignée partiellement au lycée, à l'université, et plus profondément dans les institutions islamiques qui fabriquent des mollahs et des ayatollahs. Outre les connaissances religieuses indispensables, seuls ceux qui sont, selon la morale des mollahs, absolument irréprochables, comme eux-mêmes, peuvent prétendre posséder légitimement le discernement islamique.

Fiction ou pas fiction ?

Arrivée à ce point de l'histoire, et après des semaines de réflexion et de tentatives d'écriture de tout genre, je me confie à vous, lecteurs. Je vous avoue tout. J'avoue la vérité sur cette entreprise littéraire. Procédé étrange et inédit au beau milieu d'un roman, je vous le concède. Bien que ce livre soit une fiction, l'affaire, hélas ! n'est pas de mon invention. Des femmes de rue, des prostituées, ont été assassinées dans la ville de Mashhad, puis dans d'autres villes, et les lois auxquelles je me réfère dans le chapitre précédent sont celles de la jurisprudence islamique en vigueur en Iran, où la charia chiite constitue le droit civil et le droit pénal. Ni les prostituées victimes, les « Racines du Mal – *Fessad* », ni leur assassin, celui qui s'était donné la mission d'« éradiquer la *Fessad* », donc la prostitution, ne sont le fruit de mon imagination : ils ont existé réellement.

Les articles des journaux iraniens de l'époque, ainsi qu'un documentaire de Maziar Bahari, Irano-Canadien, *And along came a spider*, parlent essentiellement du tueur en série. Il est affirmé que les seize femmes assassinées étaient des prostituées, et quatorze d'entre elles des droguées. Comme preuve, nous avons la parole de l'assassin et le témoignage de deux gamines, huit et dix ans, d'une des victimes : « Ma mère a dit qu'elle sortait pour acheter sa dose. »

Toutes se prostituaient sous leur voile, sous leur tchador. L'assassin, un ancien combattant de la guerre Iran/Irak, un fervent musulman, s'est défendu en plaidant non coupable : « Je refuse le mot assassin. Je n'ai assassiné aucun être humain. Je n'ai fait que mon devoir de musulman : j'ai essayé d'éradiquer la *Fessad* ! » Les journaux qui le soutenaient l'avaient nommé *Fessad Shékane*. Celui qui déracine et brise l'Immoralité, le Mal.

La mère de l'assassin, sa femme, son fils de douze ans, ses frères, ses amis, ses collègues, et même certains journalistes ainsi qu'un bon nombre des habitants de la ville, à quelques exceptions près, approuvent son acte : « C'est un bon musulman qui a accompli son devoir. Devoir qui devrait incomber au gouvernement : nettoyer les rues de ces saletés de femmes. » « Éradiquer la prostitution » est la formule répétée dans le documentaire. Le fils de douze ans de l'assassin nous met en garde : « ... si mon père est jugé coupable, il y en aura des dizaines d'autres qui prendront le relais. »

Mère et épouse de l'assassin, voilées jusqu'aux dents, le défendent : « Il s'est sacrifié pour éliminer des saletés de femmes qui méritaient la mort, mais il ne connaissait pas les questions juridiques et ne savait pas qu'il avait besoin d'un mandat pour les éliminer !

S'il a commis une faute, il faut le lui pardonner. Il a agi selon le Coran. » Sa femme exprime sa gratitude à l'égard des habitants du quartier qui les ont soutenus, elle et son fils. « Ton mari, ton père, est un héros. Vous devez être fiers et garder la tête haute ! »

Malgré ces témoignages, certaines choses interrogent dans le documentaire tourné et produit avec l'accord et la collaboration des autorités locales, y compris le mollah juge responsable du dossier.

La moralité islamique de l'éradicateur des prostituées est attestée par sa femme, sa mère, ses frères, ses amis, ses collègues, ses voisins : « Un musulman pratiquant exemplaire. » Lui-même se vante de n'avoir jamais regardé une autre femme dans les yeux, avant et après son mariage. Révolté par la prostitution, il s'en était pris d'abord aux clients des prostituées, mais sans résultat… puis avait pensé qu'éliminer les prostituées serait la méthode efficace. Il avoue avoir identifié un bon nombre de « femmes de rue » à Mashhad, qu'il envisageait d'éliminer. Il revendique en avoir supprimé seize.

Avant son arrestation, les autorités avaient affirmé que le tueur en série n'avait pas eu de relation sexuelle avec ses seize victimes avant de les éliminer, puisqu'il n'y avait aucun signe qu'elles aient eu de relations sexuelles avec un même homme ; mais quelques semaines après son arrestation, la presse publie ses aveux : « J'ai eu des relations inappropriées avec les prostituées avant de les étrangler avec leur tchador. »

Il a donc été dans un premier temps inculpé pour adultère !

L'adultère est un crime dont le châtiment en Iran est la peine de mort, y compris pour les hommes, même s'ils ont droit à quatre femmes officielles. Parce que, selon la charia, lorsqu'un homme commet l'adultère, il déshonore non pas sa femme, mais un autre musulman, en lui volant, violant son bien : mère, sœur, femme, fille ou nièce. Car la mère, les sœurs, les femmes, les filles et les nièces d'un homme constituent ce qu'on appelle son *nâmous*. *Nâmous*, mot arabe/persan/turc, est un terme chargé de sens traditionnel et religieux dont l'équivalent approximatif serait l'« honneur sexuel de l'homme incarné dans le corps de la femme ». D'où l'existence du « crime d'honneur », crime d'horreur. Les femmes sont les biens des hommes de leur famille et elles restent jusqu'à leur mort sous tutelle masculine.

Le tueur a déclaré, toujours via la presse, qu'il n'avait jamais eu de rapport « inapproprié » avec les femmes de rue qu'il avait éliminées, et que les autorités lui avaient soutiré des aveux sous la torture psychologique, pour le décrédibiliser aux yeux de beaucoup de ses compatriotes qui approuvaient son acte et détourner l'opinion publique du vrai problème, qui était la prostitution dans le pays.

Ses frères et amis ont attesté sa qualité de musulman pratiquant exemplaire, affirmé son innocence et fait signer une pétition par les gens du quartier contre sa condamnation.

Les mollahs, comme toujours diablement habiles, sont parvenus non seulement à tirer leur épingle du jeu, mais aussi à clarifier les règles du jeu en passant à la moulinette la moralité de l'éliminateur du Mal et en examinant à la loupe sa faculté de discernement islamique. C'est parce que, sur ces deux points, l'éradicateur des prostituées a échoué, qu'il a été condamné !

Le mollah juge en charge de l'affaire, souriant et affable, explique dans le documentaire : « ... déterminer si une vie est *mahdourodam* – sans valeur –, est une tâche très complexe et nécessite de vastes et profondes connaissances religieuses qui ne sont pas à la portée de tous ; sinon, le premier venu pourrait tuer quelqu'un dans la rue et se proclamer innocent, en affirmant qu'à ses yeux le sang de sa victime était sans valeur ! »

La conclusion du procès est que l'accusé est non seulement coupable d'adultère, mais ne possédait en outre pas la faculté de discernement islamique pour décider que le sang des prostituées qu'il avait assassinées était sans valeur. En revanche, il n'est affirmé à aucun moment et par personne que le sang des prostituées en général a de la valeur et que leur assassinat est un crime. « La définition de *mahdourodam* – le sang sans valeur –, reste ambiguë et équivoque dans la loi », déplore devant la caméra la journaliste iranienne qui avait suivi le procès.

La dernière image du documentaire est celle d'un corps pendu, dans une pièce, d'un homme de sa carrure, dans le même pyjama de prisonnier, sans que son visage soit identifiable. Lorsqu'il s'exprimait, fier, confiant, arrogant, son visage occupait souvent tout l'écran. Non sans flegme, il décrivait comment il avait étranglé les femmes avec leur propre tchador. Je me demande d'où vient, soudain, cette pudeur de ne pas montrer son visage ou sa pendaison. Les pendaisons publiques en Iran sont récurrentes : les images et les vidéos ne manquent pas sur Internet. On est en droit de se demander pourquoi sa pendaison n'a pas été publique, afin de dissuader les nouveaux éradicateurs de prostituées. Sa femme, sa mère, ses frères, son fils ne sont pas interviewés après sa condamnation et son exécution, mais seulement avant, alors qu'ils réclament et espèrent encore son acquittement.

Après ce procès médiatisé, il y a eu d'autres « éradicateurs de la prostitution » dans différentes villes. Des journaux ont relaté brièvement des meurtres en série de prostituées à Kerman, à Téhéran... Le tueur en série de la ville de Kerman a été officiellement acquitté par le mollah en charge du dossier, qui l'avait jugé non seulement moralement irréprochable, mais aussi doté de la faculté religieuse de déterminer que le sang des prostituées qu'il avait éliminées était sans valeur ! Aucun crime n'avait été commis ! Passez votre chemin !

Combien de prostituées ont été « éliminées » à travers le pays ? Nous ne le saurons jamais. Par la suite, nul meurtre de prostituée, nulle arrestation de tueur, nul procès ne furent médiatisés.

Certains, parmi la diaspora iranienne, ceux et celles, attentistes, qui commencent toujours leurs phrases par « Je n'aime pas ce régime, mais... » vont dire qu'il ne manque pas de tueurs en série, de détraqués dans le monde. Et qu'aux États-Unis, notamment, des tueurs de femmes se revendiquent souvent de la

Bible. C'est vrai. Seulement, aux États-Unis ou en Europe, le « sang sans valeur » n'existe pas. Et la loi ne considère pas que les prostituées sont tout juste bonnes à être exécutées.

Maintenant que, vous, lecteurs, êtes au courant de tout, je reprends la suite de mon roman. Tout en poursuivant le destin de Soudabeh et de Zahra, je vais parler des prostituées assassinées de Mashhad, de Téhéran, de Kerman, de Qom, de Shiraz, d'Ispahan… ou plutôt les faire parler. D'outre-tombe. Je vais nommer ces prostituées, assassinées dans l'anonymat, leur donner la parole pour qu'elles nous racontent leur histoire, leur vie, leur passé, leurs sentiments, leurs douleurs, leurs doutes, leurs souffrances, leurs révoltes, leurs joies aussi. Certaines ont été assassinées sans que nul ne déclare leur disparition, sans que nul ne réclame leur corps ou pleure leur mort. Je vais me glisser dans leur peau, dans leur tête, m'identifier à elles : vivantes, mutines, insolentes, séduisantes, fantasques, sensuelles, provocantes, surprenantes. Foutrement irrespectueuses. Politiquement incorrectes. Iconoclastes. Courageuses. Héroïnes au destin tragique. Ces femmes parleront avec une Liberté Totale, avec une Liberté Absolue. Sans la moindre crainte, puisqu'elles n'ont rien à perdre, puisqu'elles ont déjà tout perdu : leur vie. Assassinées, pendues ou lapidées. Je vais exhumer ces femmes et les faire exister dans votre imaginaire pour le malheur des ayatollahs, et écrire noir sur blanc qu'elles n'étaient

63

pas des souillures, que leurs vies n'étaient pas condamnables, et que *LEUR SANG N'ÉTAIT PAS SANS VALEUR.* Qu'elles méritaient la vie et non pas la mort. Qu'elles n'étaient pas la honte de la société. Qu'elles n'étaient pas des coupables, mais des victimes assassinées. Des femmes mal nées, malmenées, mal loties, des femmes fortes, des femmes fragiles, vulnérables, sans défense, des femmes meurtries. Des écorchées vives d'une société hypocrite, corrompue, et surtout criminelle jusque dans sa pudibonderie. Une société qui réprime, étouffe, pend, lapide, torture, assassine sous le voile. Je ne chercherai à les décrire ni comme des anges, ni comme des putains, ni comme de pures victimes. Mais comme des femmes. Des Femmes Étonnantes. Et ce livre sera leur sanctuaire. Leur Mausolée.

La faute à Dieu !

« Heureusement que Dieu a eu la prévoyance et surtout la délicatesse de doter les femmes non seulement d'un vagin dévorant mais aussi d'un miraculeux clitoris : gravé savamment dans l'entrejambe des filles pour leur bon plaisir. Quand cela m'arrange, je deviens croyante, et invoque directement Dieu dans toute sa Vérité et sa Grandeur pour étayer mes propos. C'est que je suis humaine et surtout femme. "Dieu est partout. Sans limites. Dieu est immense. Infini. Dieu est partout dans la plus infime des choses. Dieu est partout, dans chaque centimètre de notre planète Terre et partout dans le ciel et dans l'univers...", nous répétaient des femmes voilées, des bigotes qui venaient dans les écoles pour faire entrer Dieu une fois pour toutes dans notre crâne, dans notre âme, et apparemment dans notre corps aussi. Et elles ont bien réussi ! "Dieu est partout. Il est dans chaque parcelle de votre corps, dans les lieux les plus intimes de votre corps. La sourate Qaf 50, verset 16 nous dit : Dieu vous a créées et Dieu sait parfaitement ce qui se passe dans votre âme parce que Dieu est plus près de vous que votre veine jugulaire", criait la voix aiguë et grinçante de la bigote voilée. Un "Ah bon !" imprudent sortit de ma bouche, la première fois que cette phrase révolutionnaire parvint à mes oreilles distraites. "Quoi ?, hurla la voilée. Qu'est-ce que vous avez dit ? – Rien." Elle reprit sa logorrhée : "Dieu est dans chaque parcelle de votre corps et sait exactement ce qui s'y passe. Dieu est plus près de vous que votre veine jugulaire." Sans blague !

On aurait dit que Dieu, patron de la NSA, avait implanté des émetteurs numériques ultra-sophistiqués dans le cou de chaque être humain pour mieux surveiller ses faits et gestes et la moindre de ses pensées. Sacré Dieu !

Je ne sais pas pour mes camarades, mais, à douze ans, à l'âge où je venais d'avoir mes premières règles, ma veine jugulaire m'intéressait beaucoup moins que ce qui était entre mes cuisses. Et si Dieu m'était plus proche que ma veine jugulaire, dans mon cou, sous ma peau, à l'intérieur de mon corps – je continuais mon raisonnement d'adolescente naïve, fantaisiste, un brin insolente et très curieuse –, si Dieu est partout, s'il est dans chaque parcelle de mon corps, serait-il aussi entre mes cuisses, là où ça chatouille certaines nuits, presque toutes les nuits ? Puisqu'il est absolument partout. Il est aussi dans ce trou si chaud et humide où j'enfonce souvent mon doigt – avec précaution pour ne pas déchirer la fameuse vertu placée juste à cet endroit si doux et merveilleux. Serait-il possible que ce soit Dieu qui me donne des frissons ? Ce très brûlant, ce très dévastateur, ce très dangereux bouleversement, ce très puissant je-ne-sais-quoi qui me coupe le souffle, qui me fait trembler ? Tout ça, c'est Dieu ? C'est Dieu qui perturbe mes nuits, qui m'empêche de dormir ? C'est Dieu qui fait de mon corps une caille toute chaude, un fourneau où brûle je ne sais quoi ? On ne peut pas dire que je n'étais pas croyante. J'imaginais même physiquement Dieu : il était beau, grand, protecteur et très amoureux de moi. La nuit, j'avais un corps autre que le corps voilé que j'habitais tant bien que mal dans la journée. La nuit, il se déchaînait. La chaleur augmentait. Mon entrejambe revendiquait quelque chose que je ne connaissais pas encore. La nuit, j'avais envie de danser avec Dieu, entre les étoiles égarées dans le ciel. Je glissais la main dans ma culotte. Et je tremblais à l'idée de faire ces choses-là avec Dieu. Je tremblais sans savoir exactement de quoi. Mais je savais que c'était Dieu. C'est lui qui me faisait tout ça. "Dieu voit tout. Dieu est partout. Dieu sait tout. Dieu est à l'origine de tout. Dieu connaît votre corps mieux que vous…", elle avait raison, la bigote voilée.

Mon sexe humilié se vengeait la nuit. Mon sexe humilié régnait sur tout mon corps, me terrorisait par sa violence, par la puissance de son désir. La nuit, mon sexe me rendait son esclave. Il voulait des caresses incessantes. La nuit, je n'étais que mon sexe que je ne connaissais pas. Mon sexe qui brûlait. Qui réclamait. Qui voulait. Qui ne se calmait pas. Mon sexe avait faim, je ne savais de quoi. Plus les voilées nous parlaient de Dieu dans la journée, plus je le sentais la nuit entre mes cuisses. La nuit, j'étais mon sexe qui me terrorisait, qui me faisait peur, honte aussi. La nuit tout mon être se réduisait à mon sexe. Ni mes bras, ni mes jambes, ni mes seins qui venaient à peine de pousser, ni ma tête, ni même mon imagination ne tenaient le coup. Tout s'évanouissait sous le despotisme de mon sexe qui était si chaud et battait si convulsivement qu'on aurait dit que ma veine jugulaire à moi passait entre mes cuisses, dans ma fente. Et dire que Dieu m'est encore plus proche que cette veine que je sens si fort dans le creux de mon sexe ! Ah mon Dieu, ça ne fait qu'empirer mon état ! Arrêtez mon Dieu ! Arrêtez ! Je n'en peux plus ! Ah mon Dieu ! Ah mon Dieu je vais... ne me faites pas ça. Arrêtez. Non ! Continuez. Continuez mon Dieu ! Oui, comme ça. Continuez mon Dieu. N'arrêtez surtout pas... Ahhhh... Mooon... on Dieeeeu... eu ! Comment pourrais-je écouter désormais, sans rougir, les paroles des voilées ? "Dieu vous est plus proche que votre veine jugulaire." Je vous crois. Je le sais. Je suis croyante. Dieu tout-puissant se loge dans ce que j'ai de plus profond en moi. Dans cette fente humide et chaude. Dans cette fente interdite.

Je ne connaissais rien encore du contact électrique entre deux corps. Je n'avais même pas effleuré la main d'un garçon. Mais mon corps aimait déjà. Désirait déjà. Mon corps aimait Dieu. J'aimais Dieu avec tout mon corps. Surtout avec mon sexe. Et j'étais persuadée que c'était Dieu qui faisait battre ma veine jugulaire dans mon entrejambe de jeune adolescente, et qui, pour me punir, me faisait saigner chaque mois.

J'avais des règles très douloureuses. Était-ce ma faute si certaines nuits, tout mon être se réduisait à cette fente si bien placée, si bien cachée ?

Qu'est-ce que le désir ? Je ne le savais pas à douze ans, par ces nuits d'été torrides, trempées, où la chaleur de mon entrejambe concurrençait celle des cieux.

Je me vois : je suis allongée à côté du corps de mon frère. Il a ce que je veux. Il a ce qui me manque. Ce qui peut me combler. Je le sais. Je le sais sans le savoir. Je le sais de ce savoir ancestral. Instinctif. En fait, ce n'est pas moi qui sais, c'est mon corps. Il sait, mon corps. Il sait toujours avant moi. Il fait très chaud. J'ai très chaud. Il est beau mon frère, comme un Dieu. Ma mère, admirative, le dit souvent. Elle vénère son fils. Puisque Dieu est dans mon corps, il est aussi dans le corps de mon frère. Et je veux le Dieu du corps de mon frère. Je veux son Dieu. Je veux le corps de mon frère. Je le veux. Je lui en veux ! Personne ne m'a jamais dit que j'étais belle comme un Dieu. Je lui en ai toujours voulu, à mon frère, à Dieu de son corps. Je lui en ai toujours voulu avant même qu'il ne me mette sur le trottoir pour sa dose.

Bien plus tard, j'ai appris que ce que j'avais au corps n'était pas Dieu mais le diable. J'avais le diable au corps, mais il m'est plus doux de penser, comme dans mes innocentes nuits d'adolescente, que c'était Dieu. Dieu est partout et il connaît mon sexe mieux que quiconque, c'est évident puisque c'est lui qui l'a gravé là où il est, en bas de mon ventre plat et gothique, entre mes deux cuisses rondes et fermes,

69

en haut de ma voûte. La nuit, je gardais la paume de ma main droite sur les lèvres charnues et douces de mon sexe. J'aimais me prendre en main ! J'étais précoce. Comment Dieu peut-il condamner le désir de mon entrejambe ? Le désir que lui-même a éveillé en moi. La faute à Dieu, si j'ai fini pute. Et tant pis si je n'irai jamais au Paradis. Honnêtement, si je dois y retrouver mollahs et voilées…, non merci. Mille fois l'enfer. Alors je baise. Je baise. Et si c'est un péché, la faute à Dieu. »

Leili
Naissance : 10 avril 1983 à Mashhad.
Assassinée le 19 avril 2014 à Mashhad.
Elle a été étranglée avec son tchador.

Baby blues précoce
et fellation gratuite

Au cinquième mois de grossesse, dès que le ventre de Zahra devint rond et un peu gros, son mari cessa de la pénétrer. Il ne la toucha plus.

Pour oublier la jouissance qu'elle venait de découvrir après presque deux ans de mariage, elle consacra son temps libre à la prière. Soit elle nettoyait, astiquait, cuisinait, lavait, balayait…, soit elle priait. Elle priait Dieu pour que son mari revînt vers elle, mais à mesure que son ventre grossissait, elle perdait l'espoir que son souhait fût exaucé, du moins avant son accouchement ; elle changea donc de supplique et pria Dieu de calmer ses désirs, que les sécrétions hormonales rendaient intenables.

Il existe deux sortes de femmes enceintes : celles qui ne supportent pas le contact d'un homme et le rapport sexuel, et celles qui désirent être pénétrées nuit et jour. Zahra, que son mari n'approchait plus, fut en proie à la dépression et au baby blues trois mois avant la naissance de son enfant. Il avait éloigné son matelas de celui de sa femme pour laisser au bébé – un fils espérait-il – la place de grandir. Zahra n'avait plus aucune possibilité de glisser sa main, en catimini, dans son pyjama, la nuit.

Durant les mois d'abstinence avec sa femme, il se payait des putes. Des très jeunes. Quatorze, quinze ans.

Dieu leur donna une fille. Son mari ne cacha pas sa déception. Zahra l'aima dès l'instant où elle la prit dans ses bras. Peu après son accouchement, pour arrondir les fins de mois difficiles, elle devint femme de ménage dans plusieurs maisons où on la payait chichement. Elle balayait, nettoyait, astiquait, lavait les chiottes et, pour le même prix dérisoire, suçait les bites.

La première fois, elle lavait la vaisselle. La patronne était sortie pour faire les courses. Le patron, un commerçant du bazar, était rentré plus tôt que prévu. Il l'avait coincée contre l'évier. Elle s'était défendue.

« Je vais dire à ma femme que tu es une pute et que tu m'as fait des avances… elle te dénoncera à la mosquée et tu sais ce qui t'arrivera… tu seras lapidée. »

Sans oser résister à la menace de son patron, elle avait cédé, et il avait enfoncé sa queue puant la sueur et l'urine dans sa bouche.

« Suce-moi bien. »

Elle l'avait fait. Il avait éjaculé dans sa bouche.

« C'est plein de vitamines, très bon pour la santé et la peau », lui avait-il dit comme pour la dédommager.

Surprise, elle avait avalé la moitié de la semence, craché le reste, rincé sa bouche, puis la vaisselle. Chez son autre patron, ça s'était passé à peu près de la même façon, dans des circonstances à peu près semblables, comme les patrons troussaient leurs bonnes autrefois en Europe – hormis la menace de lapidation.

Avec son mari, tout s'était toujours passé dans la pénombre. Aucun des deux n'avait jamais vu le corps nu de l'autre, même s'ils n'avaient qu'une chambre et une toute petite salle de douche qui leur servait aussi de toilettes et de cuisine : la pudeur était de mise. Elle n'avait jamais vu le pénis de son mari et ne savait même pas qu'on pouvait l'enfoncer ailleurs que dans l'endroit habituel. On se fait sucer par des putes ou par des bonnes, jamais par la future mère de ses enfants, qu'on respecte, même si on la tabasse parfois !

Dévote, Zahra expliquait à Dieu, avec ses mots crédules, matin midi soir, à la fin de ses prières, qu'elle n'avait pas le choix, qu'elle ne savait à qui d'autre avouer ses péchés. Ces péchés auxquels elle était forcée. Elle implorait Dieu, en larmes, de les lui pardonner.

Son mari ne l'approcha que trois mois après son accouchement. Sa femme l'excitait beaucoup moins. Le vagin de la gamine s'était élargi. Elle avait gardé un peu de ventre et sentait soit le vomi de bébé, soit l'eau de Javel, soit le sperme de ses patrons que son mari confondait avec les produits de nettoyage. Elle, ça ne lui faisait ni chaud ni froid, elle n'éprouvait ni plaisir ni dégoût. Elle attendait que ça passe, et ça passait très rapidement. À peine deux ou trois minutes. Souvent moins.

Elle n'a plus jamais désiré le sexe de son mari, pas même durant sa seconde grossesse. Son corps épanoui et sensuel, les pénétrations incandescentes, les désirs ardents, les cris étouffés de jouissance appartenaient au souvenir des trois mois qu'elle ne connaîtrait plus jamais. Dès que son mari la sut à nouveau enceinte, il cessa de l'approcher, ce qui la réconforta : cette fois, elle appartenait, définitivement, à la catégorie des femmes enceintes qui ne supportaient pas le contact masculin.

Au travail, néanmoins, elle devait faire un effort et sucer les bites des patrons : la bouche de leur bonne, comme ses mains, était à leur service. Quand son ventre devint visible, les patrons marquèrent une pause : malgré les lèvres pulpeuses et très excitantes de Zahra, il y avait quelque chose d'humiliant à se faire sucer par une femme grosse de la queue d'un vaurien de dealer. Elle reprit les fellations dès qu'elle se remit au travail après son deuxième accouchement. Son mari ne la dérangea plus jamais. Arrêté à nouveau, il fit de la taule plusieurs années avant d'être assassiné d'un coup de couteau lors d'une bagarre dans la cour de la prison.

À dix-sept ans, Zahra était veuve et mère de deux filles. Elle menait une vie de misère. De temps en temps, elle pensait à son amie et à leurs rêves d'enfant envolés et perdus à jamais comme la fumée dans le ciel.

Téhéran et la Belle Soudabeh

Téhéran regorge de monde, de riches, de pauvres – beaucoup de pauvres –, d'étudiants, de travailleurs, de chômeurs – beaucoup de chômeurs –, d'ouvriers, d'escrocs, de maquereaux, de charlatans, de mollahs – trop de mollahs –, de criminels, de malfrats, de gardiens de la morale – beaucoup aussi –, de scélérats, de maquerelles, de proxénètes, d'honnêtes gens – pas beaucoup –, d'habitants exaspérés, désespérés, enragés, irascibles, de jeunes désœuvrés, de voleurs, de violeurs, de dealers, de drogués, de prostituées, de mendiants, de handicapés, de sans-abri, d'enfants abandonnés... Téhéran regorge de voitures, de motos, de trafic, de pollution – l'air y est irrespirable –, de bruits de klaxon, de bagarres dans la rue, de périphériques, d'autoroutes, de quartiers riches au pied des montagnes, de villas californiennes, de quartiers pauvres, malfamés, dangereux, de bidonvilles, beaucoup de bidonvilles... Téhéran, ville monstre, ville moche, où atterrit Soudabeh, avec ses treize ans et quelques pièces en poche.

Fatiguée par des heures de voyage inconfortable, elle descendit du bus. Elle ne savait où aller, quelle direction prendre. Elle n'aurait jamais dû fuguer, elle voulait rentrer chez elle, auprès de sa mère, mais elle savait que, souillée par le viol, elle ne pouvait plus jamais retourner à la maison. Sa pudeur et sa virginité violées la condamnaient.

Si seulement le bus avait continué à rouler sans jamais s'arrêter ! Si seulement ce jour n'avait jamais commencé. Hier encore, elle dormait chez elle, en sécurité. À présent, le danger la guettait. Son air désemparé attira un passant qui lui ordonna à mi-voix : « Suis-moi ! » – façon de se déclarer client aux prostituées dans des quartiers populaires, siffler une femme serait trop voyant et surtout trop bruyant. Son expérience du matin la fit fuir. Elle pressa le pas et se dirigea dans la direction opposée, comprenant qu'elle ne devait ni s'arrêter, ni regarder à gauche et à droite et marcher d'un air décidé. Un homme avait remarqué qu'elle était descendue seule du bus, et il l'avait suivie. Détectant qu'elle tournait en rond, il l'avait prise d'abord pour une néophyte débarquant de province et ne sachant comment s'y prendre à Téhéran, puis, constatant qu'elle n'avait pas suivi le client qui lui avait fait signe, il en avait déduit que ça devait être une fugueuse. Dans les gares, des proxénètes et d'autres criminels patrouillent pour chasser la chair fraîche, les adolescentes qui prennent le large et quittent un beau matin ville, village et foyer familial.

Dans la capitale iranienne, comme dans toutes les grandes villes en Iran, selon divers témoignages et enquêtes, le temps qu'une femme, une adolescente, une fillette ou une prostituée se fassent accoster, soit par un client, soit par un proxénète avisé ou une maquerelle à l'œil perspicace, soit par un criminel, ou par un gardien du régime – ce qui reviendrait au même –, est estimé, en moyenne, à trois minutes. La sécurité des femmes n'a jamais été aussi en péril que depuis que les dogmes islamiques font office de loi dans ce pays. Dès qu'une femme cherche une rue, a l'air perdue, paraît hésitante, flâneuse, rêveuse, pensive, gaie, souriante ou même triste, dès qu'elle a une démarche élégante, une paire de chaussures voyantes, un voile glissant, un jean moulant, un manteau un peu court, dès qu'elle est maquillée, jeune, belle, ou laide..., elle est abordée par des mâles, à pied ou en voiture, à l'affût de proies.

Le type qui la suivait sortit son portable, passa un coup de fil et, quelques minutes plus tard, Soudabeh fut abordée par une femme en tchador noir à la voix chaleureuse et bienveillante : « Tu cherches un endroit, ma fille ? Es-tu perdue ? » Et sans attendre la réponse, elle reprit : « Suis-moi, je te loge ce soir, il se fait tard et les rues sont dangereuses. » Dans son cœur d'enfant, Soudabeh remercia Dieu qui avait eu pitié de sa détresse et envoyait quelqu'un à son secours. Or il s'agissait de la collaboratrice du proxénète. C'est ainsi qu'innocemment Soudabeh franchit le seuil d'une des innombrables maisons closes clandestines de Téhéran. Le soir, la maquerelle lui servit à dîner, sans lui poser de question. Elle mangea sans parler et aussitôt s'écroula de sommeil. Le lendemain matin, dès qu'elle ouvrit l'œil, elle aperçut une fille habillée avec presque rien, jambes, bras, seins dénudés ; elle fut surprise, mais comprit d'instinct qu'elle était tombée dans une maison de prostitution, comme une mouche dans la toile d'araignée. Elle en déduisit qu'elle ne devait plus jamais compter sur l'aide de Dieu.

C'est inouï la force que possèdent les adolescentes, cette capacité d'encaisser les coups du sort et les traumatismes, les uns après les autres. Pour celles qui appartiennent à un milieu pauvre ou qui ne se sont jamais senties en sécurité auprès des leurs, les malheurs sont dans l'ordre des choses.

Le proxénète lui fit entendre, dès le premier matin, au moment du petit déjeuner, qu'il était très connu, qu'il dirigeait le plus important réseau de la ville et que si jamais elle essayait de s'enfuir, elle serait retrouvée et son magnifique visage défiguré à l'acide. Ce n'étaient pas des paroles en l'air, ces gens-là étaient capables du pire. Ces menaces bridèrent, d'emblée, toute velléité de rébellion en elle. Et puis, où aurait-elle pu fuir ? Sa fugue était terminée. Définitivement.

En tant que novice, c'est avec talent et obéissance que Soudabeh se soumit à la volonté de Dieu et débuta sa carrière de prostituée. Puisque Dieu en avait décidé ainsi, elle accomplirait de son mieux sa destinée. Après tout, se dit-elle, au Paradis aussi, les houris n'existent que pour assouvir les désirs des hommes. Il fut décrété qu'elle devait changer de prénom, et la patronne choisit de l'appeler Ziba – Belle en persan –, prénom qui lui allait à merveille. Nous l'appellerons dorénavant par son ancien et son nouveau prénom pour éviter la confusion. En francisant Ziba : Belle Soudabeh.

Dans un monde de putes, une pute qui s'assume

« Mon cul ? Je ne le vends pas, je ne le loue pas non plus. Tout d'abord ce n'est pas tant mon cul…, enfin, il a du succès, certains clients adorent me sodomiser, mais, en règle générale, c'est dans mon vagin que ça se passe ; ma bouche est pas mal sollicitée aussi. Les prudes sont obsédés par cette expression vide de sens : vendre son corps. Comme si le corps d'une femme se réduisait à son sexe. Je ne vends pas plus mon corps qu'un malheureux ouvrier exploité qui se casse le dos avant cinquante ans à force de corvées. Je ne vends pas plus mon corps qu'un éboueur, ou qu'une femme de ménage qui passe sa vie à respirer la poussière et à laver l'urine et la merde des autres. Je préfère la bite et le sperme à l'urine et l'excrément, et même parfois, outre le pognon, je prends mon pied avec vos pères, vos frères, et vos maris. Ça vous choque ? Eh bien, c'est votre problème, bande d'hypocrites ! Je ne vends pas mon corps. Je couche en échange d'argent. C'est un métier honnête et les gens en ont pour leur fric. Et quand je ne travaille pas, je suis une femme comme tant d'autres. C'est drôle que, dans ce monde de putes où la corruption, le crime et la prostitution de tout genre gangrènent les sociétés, on s'en prenne à nous, ça en dit long sur la régression de notre époque. Ce n'est pas pour rien que, dès que les extrémistes islamistes s'emparent du pouvoir, ils s'en prennent tout de suite au plaisir en général, et au plaisir sexuel en particulier. Comme les mollahs ici ou les Frères musulmans en Égypte… Pour eux, la sexualité des femmes est diabolique. Ils ne supportent pas l'idée que leur mère ait écarté les jambes pour les fabriquer. Remarquez, elles auraient mieux fait de s'abstenir. »

Elle a de longs et magnifiques cheveux noirs, raides. Un menton fort. Et un grain de beauté sur le visage, près du nez. Elle a pris soin de se maquiller. C'est une femme plantureuse.

« … Ici, la prostitution touche tous les milieux et tous les âges. Des petites maisons closes clandestines sont dans toutes les rues. Vous ne savez jamais où vous mettez les pieds. Des gamines de dix ans se prostituent pour un repas chaud. Tout le monde est devenu proxénète.

Mes clients le savent : avec moi, le contrat est clair et doit être respecté. Certains de mes clients allaient chez des putes pour déverser leur haine sur elles, pour les baiser, leur jeter l'argent à la figure et les humilier, tout simplement parce qu'ils se sentaient humiliés eux-mêmes par la société et par les femmes qu'ils avaient désirées et n'avaient jamais eues. Ils se haïssaient et cherchaient une pute pour se défouler. Je leur ai dit que ça ne se passerait pas comme ça avec moi. Certains viennent me voir sans se laver, je les fous d'abord sous la douche avec un savon. Ils aiment ça, qu'on s'occupe d'eux. Je leur lave le dos, mais le reste, c'est à eux de s'en occuper. Je ne suis pas une aide-soignante non plus.

C'est la religion qui inculque la haine du corps, du plaisir sexuel, l'idée du péché. Pourquoi jouir serait-il un péché ? Pourquoi le sexe serait-il sale ? Je ne considère pas que mon corps se salit au contact d'un autre corps. Avec la jouissance d'un homme. Pourquoi l'éjaculation et le sperme font-ils tant réagir les gens ? Tout ça, c'est à cause des conneries religieuses. Leur morale, qu'ils se la foutent au cul, les mollahs. "Un homme a des besoins", ils n'ont que ça à la bouche ; alors que les femmes ont plus de besoins sexuels que les hommes. Et les hommes le savent, et c'est pour ça qu'ils répriment et oppriment les femmes depuis la nuit des temps. Ils sont plus forts physiquement, mais sexuellement, ils n'arrivent pas à la cheville des femmes.

Les femmes sont trop lâches et hypocrites pour revendiquer leur droit au sexe. La plupart préfèrent vendre leurs services sexuels à un mari contre une assurance matérielle à vie. Assumer son désir exige du courage. Avant le mariage, elles jouent à la fille modèle, à la fille prude, à la fille vertueuse, à la fille vierge pour trouver un mari, alors qu'elles ont été enculées, Dieu sait combien de fois, pour préserver leur virginité. Si c'est ça la pudeur, on pourrait dire aussi que les pédés sont vierges ! Et puis, une fois mariées, elles jouent à l'épouse de leur mari, à la mère de famille, elles endurent tout jusqu'au moment où les maladies psychosomatiques leur tombent dessus. J'ai mal par-ci, j'ai mal par-là... ça commence à trente ans, parfois même plus tôt. Elles ne veulent pas admettre qu'elles sont malades de bite.

C'est mieux quand il y a l'amour, mais nul ne sait ce que c'est, l'amour. En quoi se distingue-t-il du désir ? Et puis, franchement, quant on voit les déchirements au moment du divorce, l'amour ne fait pas envie. Quand on est amoureuse, on est malheureuse la plupart du temps, on souffre, on est jalouse, et quand on est quittée ou trompée, l'amour se transforme en haine. Même ici, alors que seuls les hommes ont le droit de demander le divorce, la plupart des mariages se soldent par un divorce. Ce n'est qu'en cas d'érection nocturne et dans le noir, en pensant à d'autres femmes, que beaucoup de maris pénètrent deux trois fois par an leur femme au ventre flasque, aux seins flétris et tombants, au vagin élargi. Tous ces gens se détestent sous la même couette et partagent toute une vie la même couche. »

Elle parle très vite. Les mots se bousculent dans sa bouche.

« ... J'ai dû faire hospitaliser ma mère, alors que j'étais enceinte, parce qu'on lui a découvert un cancer généralisé. Son corps amoindri, branché aux machines, était terrifiant. Ce corps de femme ne lui avait apporté que la souffrance. Elle n'avait même pas cinquante ans et elle est morte dans des douleurs atroces. Elle ne s'est jamais plainte, n'a jamais fait le moindre chantage affectif. C'était une femme simple avec un cœur en or. Je n'ai jamais vu quelqu'un à ce point dépourvu de méchanceté. Une vraie sainte.

Tout compte fait, j'aime assez mon métier. J'aime beaucoup les hommes, enfin leur bite. Je ne peux m'en passer. J'ai toujours beaucoup aimé le sexe. Très jeune. J'étais précoce. Une grosse bite, c'est la meilleure chose qu'un homme peut offrir à une femme. J'aime rencontrer des corps différents. Des sexes différents. C'est excitant. Avec mes clients, c'est moi qui mène la danse, la baise. J'aime bien prendre leur verge en main et l'enfoncer en moi. J'ai besoin d'être remplie, sinon je me sens vide. J'ai besoin d'autres corps ; le mien, seul, ne me suffit pas. Le mien, seul, m'angoisse. J'ai besoin d'être baisée, prise, comblée, sinon, la vie m'est insupportable, lourde, pénible, douloureuse. Je baise quatre ou cinq clients par jour. Pas plus. Souvent moins. Deux ou trois. Je prends aussi des jours sans. Certains jours de mes règles, je n'aime pas être dérangée. La vie sans sexe est triste. Moi, je ne pourrais pas. J'ai le sang chaud. J'ai besoin d'être pilonnée comme j'ai besoin de manger et de respirer. C'est comme ça.

Même si au début j'ai commencé par dépit, aujourd'hui je ne le regrette pas. J'ai été mariée et très amoureuse de mon connard de mari. Mon premier et unique amour. J'étais amoureuse de lui dès douze ans. C'était mon cousin éloigné. Je n'avais même pas quinze ans quand on s'est mariés. Il était très beau et en avait vingt-quatre. J'ai eu trois enfants. Le dernier, un garçon, est mort subitement trois jours après sa naissance. J'ai fait une dépression. À peine sept semaines après mon accouchement, il m'a dit que sa mère lui avait trouvé une jeune fille : la deuxième épouse. Les belles-mères sont terribles. Surtout dans des pays traditionnels comme le nôtre. Les belles-mères sont terribles et les lois aussi : les mecs ont droit à quatre femmes. Je lui ai dit que je me tuerais. Je ne pouvais supporter ça. Mais beaucoup de femmes se soumettent. Je vous dis, elles sont lâches et collabos d'un système qui les écrase. Des scènes, j'en ai fait. J'ai demandé le divorce. Mais aucune femme ne peut obtenir le divorce parce que son mari va épouser une deuxième, troisième ou quatrième femme. C'est son droit. Lui, il a tous les droits, et vous, pauvre femme, aucun. Parce qu'"un homme a des besoins". Ma belle-mère organisait la fête du deuxième mariage de mon mari, tandis que moi je pleurais ma mère et mon fils nourrisson. Vous imaginez l'humiliation ! Alors là, j'ai vu rouge. Franchement, je ne peux pas comprendre comment certaines femmes acceptent ça. J'allais le tuer. Je me suis dit : il faut que je me sauve, sinon ça va mal finir. En quittant mon foyer, je savais, au fond de moi, que je finirais pute. J'ai laissé mes deux enfants. Deux filles. Mon mari est d'une famille riche et religieuse. Mes copines me jalousaient parce que j'avais épousé un homme beau, riche et attentionné. Le jour de mon mariage c'était le plus beau jour de ma vie. Mais finalement, quand j'y pense, sexuellement j'ai été toujours frustrée, jamais vraiment satisfaite avec mon mari. Toujours en manque, toujours en demande. Ce connard n'arrivait même pas à me satisfaire sexuellement et il allait en épouser une autre ! Je vous le raconte maintenant comme ça, mais j'ai beaucoup souffert. Et puis, comme j'avais enterré ma mère quelques semaines avant mon dernier accouchement... Délaissée, elle a eu une vie très malheureuse. Mon père était polygame lui aussi. Trois femmes. Je ne voulais pas finir comme elle. Pas même pour mes enfants. Je me suis enfuie un beau matin. J'ai vidé le coffre-fort de mon mari et j'ai atterri à Téhéran.

Depuis, j'ai appris à aimer mon corps. J'ai appris que le sexe peut ne pas être lié à l'amour. D'ailleurs, l'amour, c'est quoi au juste ? Comment on le mesure ? Avec un thermomètre ? Et on l'enfonce dans quel trou ? J'étais une des femmes les plus amoureuses, et j'ai haï mon mari comme je n'ai jamais haï personne. Plus rien dans la vie ne pourra me faire mal à ce point. J'ai été trahie, humiliée, alors que je venais d'enterrer ma mère et mon fils nourrisson. Ça m'a fait un mal... »

Elle se tait. Deux larmes perlent dans ses yeux. L'ébauche d'un sourire amer se dessine sur ses lèvres. Elle reprend :

« ... Au début, je me suis lancée par vengeance, mais finalement ça m'a libérée. Vous savez, dans notre culture, dans notre religion, comme d'ailleurs dans toutes les religions, on nous inculque que le corps est sale, dégradant. Impur. On nous inculque que le corps est pécheur, surtout celui des femmes. Qu'avoir un corps de femme est en soi une honte. L'humanité ne se débarrassera jamais de l'image négative du corps tant que les dogmes religieux lui inculqueront l'infériorité du corps face à l'âme. Même dans notre poésie, le corps représente toujours la prison de l'âme. Être humain, c'est être emprisonné dans un corps. "Le corps est l'ennemi de l'âme et de la foi. Le corps finit sous la terre et l'âme au ciel." Toujours est-il que personne n'a jamais vu une âme qui vole. Baisez deux fois par jour et vous verrez que votre corps sera léger comme une âme volante. Jouir fait voler. »

Shahnaz
Naissance : 12 juillet 1981 à Ispahan*.
Lapidée le 25 septembre 2012 à Ispahan.
    Son mari, alors qu'il vivait avec sa deuxième épouse, déjà mère d'un petit garçon, avait engagé un détective. Il retrouva sa femme après deux ans de recherche. Il la dénonça à la justice et exigea que son procès et son châtiment aient lieu à Ispahan, même si elle s'était prostituée à Téhéran. Comme elle était toujours mariée, elle fut condamnée à la lapidation.

---

* Ispahan, une des villes les plus connues d'Iran, est située à 440 kilomètres au sud de Téhéran. Elle fut capitale du pays du XVIe au XVIIIe siècle sous la dynastie des Safavides.

La deuxième naissance
de Zahra

À dix-neuf ans, Zahra perdit son père. Elle ne savait si elle l'avait jamais aimé, mais elle pleura beaucoup lorsqu'on déposa son corps, enveloppé dans un drap blanc, dans la tombe, sous la terre. Ses frères et sœurs et sa mère pleuraient bruyamment en se frappant la tête et la poitrine. Zahra pleurait calmement, tristement, le visage caché dans la paume de sa main. C'est ce jour-là, après l'enterrement, lorsque la famille fut rentrée à la maison, qu'elle apprit la vérité.

« Je n'annulerai pas l'acte de naissance de ton père, je le donnerai à mon prochain fils », délirait sa mère qui perdait la tête depuis quelque temps. « Je vais donner l'acte de naissance de ton père à mon prochain fils, répétait-elle.

— Qu'est-ce que tu racontes ? s'écria Zahra.

— Je ferai comme j'ai fait pour toi.

— Qu'est-ce que t'as fait pour moi ?

— Je t'ai donné l'acte de naissance de ta sœur, lâcha sa mère aussi naturellement que si elle lui apprenait qu'elle lui avait donné la robe de sa sœur.

— Quelle sœur ? Qu'est-ce que tu racontes ?

— Ta sœur Zahra. J'avais prié Dieu de me donner un fils. Dès que j'ai su que j'étais enceinte, j'ai fait régulièrement l'aumône aux pauvres pour que mon vœu soit exaucé, alors que nous-mêmes n'avions pas grand-chose à nous mettre sous la dent. Ton père était fâché, mais il a compris que c'était la volonté de Dieu et finalement il est allé déclarer la naissance de notre fille. Quand j'ai accouché de ton frère, ton père était tout heureux, il ne m'en voulait plus pour Zahra, mais Dieu nous l'a reprise, parce qu'il a su qu'il avait brisé mon cœur en me donnant une fille pour ma première couche. Comme j'étais heureuse après la naissance de ton frère, je n'ai pas déclaré la mort de ta sœur et j'ai gardé son acte de naissance, je me suis dit que ça me servirait un jour. Et quand tu es venue, après ton frère, j'ai dit à ton père que ce n'était pas la peine qu'il se dérange à faire des kilomètres pour déclarer ta naissance. Je t'ai donné l'acte de naissance de ta sœur Zahra. »

Elle avait entendu dire dans son enfance qu'elle avait eu une sœur, morte en bas âge, mais elle n'avait jamais su qu'elle portait le même prénom, encore moins qu'elle avait hérité son acte de naissance.

— Quel âge avait-elle quand elle est morte ? fut, bizarrement, la première question qu'elle posa à sa mère.

— Ah... elle était encore toute petite, je venais d'accoucher de ton frère, elle est morte juste quelques semaines après la naissance de ton frère.

— Tu ne sais pas quand elle est morte ?

— Si, je viens de te le dire, je venais d'accoucher de ton frère...

— Je te parle de ma sœur, de ta fille que tu as enterrée, et pas de ton fils.

— Mais comment veux-tu que je sache la date ? Je venais d'accoucher et tenais à peine sur mes jambes.

— Et moi, quand je suis née ?

— Tu es née après ton frère.

— Quand ça après mon frère ?

— Il marchait à quatre pattes, il n'avait pas encore un an.

— Alors je n'ai pas dix-neuf ans !

— Pas vraiment.

— Je suis au moins deux ans plus jeune ! Et quand vous m'avez mariée, j'avais seulement dix ans et non douze !

— Qu'est-ce que ça change ? répondit sa mère en haussant les épaules, avant de reprendre son délire :

« Je donnerai l'acte de naissance de ton père à mon prochain fils. Je donnerai... »

Rentrée chez elle, Zahra prit ses deux filles dans ses bras et pleura à chaudes larmes ; elle sanglotait si fort que ses deux filles, effrayées, demandèrent d'une même voix :

— Qu'est-ce que t'as, maman ? C'est pour grand-père que tu pleures comme ça ?

Cette nuit-là, elle eut le sommeil court, agité et peuplé de rêves bizarres. Elle se leva pourtant à l'aube comme à son habitude pour faire ses ablutions. Elle sortit son tapis de prière du tiroir de la commode dans lequel elle avait rangé son acte de naissance.

Elle étendit le tapis par terre face à La Mecque, ajusta son tchador sur la tête et commença sa prière. Au beau milieu de sa litanie, alors qu'elle était penchée et répétait à voix basse : « Il n'y a pas d'autre Allah qu'Allah et Mahomet est le prophète d'Allah », elle s'interrompit abruptement. Ouvrit le tiroir, prit son acte de naissance, l'ouvrit à la première page. Assise sur son tapis de prière, le dos à La Mecque, elle lut les inscriptions à haute voix.

Prénom : Zahra.
Date de naissance : 27 novembre 1987.
Nom de famille : Ebrahimi.
Nom du père : Ebrahim.
Lieu de naissance : Zaman Abad, Mashhad.
Date de délivrance de l'acte : 20 décembre 1987.
Lieu de délivrance de l'acte : Mashhad.

Elle fixa la page un bon moment. Elle avait toujours su que ce n'était pas elle, que tout était faux, que tout avait été falsifié dans son histoire dès le début, dès le premier jour de sa naissance, avant sa naissance.

Elle déchira cet acte de naissance qui n'était pas le sien. L'acte de naissance de sa sœur morte. Elle ne serait plus une morte.

Elle ramassa les morceaux éparpillés, les jeta dans la poubelle. Plia énergiquement son tapis de prière et le fourra au fond du tiroir.

Ainsi, Soudabeh et Zahra avaient la même fausse date de naissance, une sœur aînée morte et elles allaient devenir toutes deux prostituées ; mais, à dix ans, lorsqu'elles s'étaient juré, avec toute l'innocence de leur enfance, de rester les meilleures amies du monde, elles ne possédaient aucune de ces informations.

Une droguée

Elle a de beaux yeux verts et un gros nez qui prend trop de place sur son visage. Ses bras sont tailladés.

« Je fais la pute parce que je l'ai toujours fait. Je ne l'ai pas choisi. C'est à cause de la vie. Par malchance. La chance est une denrée rare et il faut apprendre à s'en passer. L'immense majorité de l'humanité n'en a pas une once.

Je suis seule au monde, sans personne, sans amies, sans famille... Je fais la pute parce que je l'ai toujours fait, parce qu'il faut bien qu'il y ait des putes, et c'est tombé sur moi, comme sur beaucoup d'autres filles. Et c'est comme ça. Et puis, j'ai besoin de ma dose, je vis pour ma dose, c'est la seule chose qui me calme, qui me fait du bien. »

Elle parle avec détachement, comme si elle racontait une journée ordinaire. Elle a quelque chose d'attirant dans le visage, un mélange, peut-être, de tristesse résignée et d'intelligence gâchée.

« ... J'ai avorté deux fois avant d'avoir accès aux capotes et à la pilule. Le drame, c'est qu'il n'y a personne pour t'apprendre à éviter la grossesse. Je n'aime pas les gosses et je détestais être enceinte.

Pourquoi me regardez-vous comme ça avec vos yeux emplis de jugements à deux sous ? Vous croyez qu'après tout ce que j'ai subi dans ma vie, c'est votre jugement qui va me faire quoi que ce soit ? Qu'est-ce que vous savez de la détresse des filles nées dans la misère ? La faute à qui ? La misère ne reproduit que la misère. Ne prenez pas cet air supérieur de "moi, je suis quelqu'un de bien" : si vous étiez née à ma place et moi à la vôtre, j'aurais été aujourd'hui à votre place et vous à la mienne, et c'est moi qui vous aurais posé des questions. »

Après un long silence, elle reprend. Elle fait craquer ses doigts. Sa voix est saccadée, ses beaux yeux haineux, et son récit décousu.

« ... En vérité, j'ai deux enfants je ne sais où dans la nature. J'avais à peine onze ans, et j'étais déjà enceinte de quatre mois. J'ai eu mes règles très tôt. À dix ans. Et hop, cette putain de machine a fonctionné. J'ai accouché d'une fille. Je ne sais pas ce qu'elle est devenue. On me l'a prise. J'ai cru mourir en accouchant. Je suis tombée encore enceinte. J'ai subi un deuxième accouchement. On me l'a encore repris. Garçon ou fille, je sais pas. Puis, j'ai fait plusieurs avortements. Même avec la pilule. Et la capote parfois ne tenait pas jusqu'au bout... Je suis très fertile. Une goutte de sperme et le malheur se loge dans mon ventre. Je ne supporte pas la grossesse. Ça me donne envie de vomir. Ça me rend malade. Y a des filles qui aiment ça. Moi pas.

Dès cinq ans, mes parents, drogués, m'envoyaient acheter leur dose. J'avais sept ou huit ans quand mon père m'a vendue. Je ne vais pas disserter là-dessus, ni me lamenter. Il y a des enfants qui ont été vendus plus jeunes. Certaines à peine nées. Comme les miens, j'imagine. C'est moche, la vie. C'est moche, en tout cas pour des gens comme nous. Je me souviens de ma mère, pas de son visage, mais de sa voix et de son regard. Elle criait : "Tu seras une pute !" Et tu, c'était moi ! J'avais à peine quatre ou cinq ans, ou peut-être six ! Chose dite, chose faite. Dans son regard, j'étais pute avant de l'être. Quel autre chemin pouvais-je prendre ? Il y avait dans la sentence de ma mère quelque chose de définitif et de déterminant. Elle savait qu'il n'y avait pas d'autre chemin pour sa fille. Je ressens encore, après vingt ans, son regard dardé sur moi.

J'étais pute déjà à cinq ans. Le dealer chez qui mes parents m'envoyaient acheter leur dose frottait sa bite sur ma foufoune. Une pute très précoce ! Beaucoup de mecs aiment les petites filles. Qu'est-ce que vous voulez, c'est comme ça la vie : y a des perdants et des gagnants. Je n'y pense pas. J'essaie de ne pas y penser. Parce que sinon je ne tiendrais pas le coup. De toute façon, nous les putes, droguées ou pas, quand nous ne leur servirons à rien, ils nous jetteront à la rue et nous finirons notre vie avec cet air de chienne contaminée et abandonnée. C'est ça la fin. »

Un autre silence. Sa voix, son regard changent. Elle reprend :

« ... Le meilleur moment de la journée, c'est quand je prends ma dose. Là, je plane. C'est l'extase. Au moins, j'ai ça. Ma dose est mon bonheur. Le seul. Et jusqu'à maintenant, je n'en ai jamais manqué. Mon mac veille sur ma dose. Y en a qui sont de vrais sadiques et font souffrir les filles pour rien, des filles qui bossent dur, se tapent des dizaines de clients par jour et qui pour avoir leur dose doivent supplier leur mac en lui suçant la bite. Y en a qui sont de vrais salauds. Le mien, il est plutôt correct ; de ce côté-là, j'ai pas à me plaindre. Bon, je sais que pour mes vieux jours ça va pas être facile, et les vieux jours, dans notre métier, arrivent très tôt. Jusqu'à mes trente ans, j'aurai ma dose facile, mais après, je sais pas. Peut-être que je décrocherai. On verra. Mais, honnête-ment, j'y crois pas. »

Elle sourit. Un sourire triste aux lèvres violacées et aux dents jaunies.

Fataneh
Naissance : à Kerman[*], date inconnue.
Étranglée le 28 octobre 2007 à Kerman.

---

* Kerman est une ville située à 800 kilomètres au sud-est de Téhéran. La ville fut fondée par le roi sassanide Ardachir Ier au IIIe siècle. Agha Mohammad Khan Qajar, un eunuque qui fonda la dynastie Qajar (1786-1925), connu pour sa cruauté, demanda à ses soldats de lui livrer 30 000 paires d'yeux des habitants de Kerman qui l'avaient pourtant soutenu.

Allah bénisse Internet :
on n'est pas dans les 50 nuances de Grey !

Les clients de la maison étaient pour la plupart de pauvres hères qui avaient économisé de quoi s'offrir une éjaculation assistée. La maison ne faisait aucun crédit et pratiquait le tarif unique : pénétration vaginale, 30 000 tomans (équivalant à peu près 10 dollars). Fellation, même prix. Sodomie, 40 000 tomans. Et simple branlette, 15 000 tomans. À ce prix-là, c'était un coup vite fait, et les patrons veillaient au grain pour que tout se passe rapidement et sans problème. On ne perdait de temps ni en préliminaires ni en papotages. En franchissant la porte de la pièce où attendait la pute promise, les hommes frustrés sexuellement, à l'idée d'avoir enfin l'occasion de baiser, avaient déjà la queue en l'air. Et dès que la semence jaillissait, le client était éconduit. « C'est du *fast sex food* », répétait le mac en chef, content de son trait d'humour. Quand il ne surveillait pas son « *staff* » – sans parler l'anglais, il avait introduit dans son persan de proxénète quelques mots anglais pour se donner du prestige devant ses putes qu'il appelait son « *staff* » –, il surfait sur Internet et se tenait au courant de ce qui se passait dans le domaine du cul aux quatre coins du monde. Il avait une bonne culture générale de toutes les histoires de cul occidentales mondialement connues. De celles de Bill Clinton jusqu'à celles de Paris Hilton, dont l'hôtel est aussi célèbre à Téhéran que partout ailleurs. Les histoires de cul de l'incontournable Madonna, celles de la défunte Lady Di, connue en Iran depuis qu'elle avait été « assassinée », disait-on, par les services secrets britanniques parce qu'elle voulait se marier avec un musulman égyptien, celles de la très vivante Carla Bruni, depuis qu'elle était la femme du président Sarkozy, celles du très actif DSK dont l'arrestation américaine amusait beaucoup les mollahs iraniens, ou encore, plus récemment, celles de François Hollande, dont la compagne était cocufiée aux yeux du monde entier depuis la divulgation des photos de sa maîtresse, n'avaient – Allah bénisse Internet ! – aucun secret pour lui. Il avait même lu sur un site une traduction en persan des passages les plus affligeants, pour le président français, du livre de Valérie T.

« ... Un homme a des besoins. Ici, 80 coups de fouet et un mariage temporaire auraient réglé l'affaire, DSK aurait racheté ses coups et épousé la négresse pour trois jours ! » avait dit un mollah dans une assemblée, après avoir vu le patron du FMI menotté à la télé. « Pendant que nous avançons nos pions sur l'échiquier international, les hommes politiques occidentaux jouent aux dames, dans tous les sens du terme », avait ironisé un autre mollah bien avisé.

C'est dire que les vaudevilles occidentaux ont du succès en Iran et que les dernières histoires de cul en vogue sont connues par les dirigeants et par les Iraniens connectés, dont notre très informé mac en chef. Bien sûr ce n'est pas toujours chose facile, la connexion est souvent « slow » et très surveillée, même si, en matière de cul, la censure n'est pas drastique comme en politique. Au contraire, le régime lâche du lest en la matière.

Après de longues heures de concertation, l'assemblée des mollahs en charge de la surveillance des mœurs avait finalement conclu : « Tout scandale occidental est bon pour nous. Les images et les infos de l'Occident décadent désillusionnent notre jeunesse, l'occupent et canalisent sa grogne. » Ainsi, dès qu'une affaire éclatait en Europe ou en Amérique... avec le feu vert des dirigeants, elle envahissait les médias et l'Internet iraniens.

Il faut dire que sur le plan national, les ébats sexuels du guide Khamenei, du nouveau président, l'ayatollah Rohani, ou du sulfureux Ahmadinedjad, ni même du très médiatisé nouveau ministre des Affaires étrangères, Javad Zarif, avec leurs multiples épouses, dont nul n'avait jamais vu la couleur, sinon le noir de leur tchador, n'éveillaient ni curiosité ni engouement populaires.

Le mac en chef, comme beaucoup d'Iraniens adeptes d'Internet à l'affût des histoires de cul, pensait que la CIA devait bien protéger la vie sexuelle d'Obama, car, black et racé comme il était, c'était impossible qu'il se contentât seulement de sa Michelle. La rumeur de sa liaison avec Beyoncé avait fait le tour du pays.

Un jour, en cliquant sur une photo très cochonne, le mac en chef était tombé sur un article en persan, d'un journaliste anglo-iranien : « 50 – en chiffres – nuances de Grey pour forniquer à Londres et à New York ! » Le titre à lui seul l'avait impressionné. L'article était illustré de photos pornographiques de filles toutes blondes en position acrobatique, enchaînées et en pleine action. C'était le site le plus consulté durant des mois – les blondes ont vraiment la cote en Orient et engendrent toutes sortes de fantasmes. Émerveillé par sa découverte et par le talent et l'inventivité des filles qu'il imaginait anglaises – alors que c'étaient des immigrées roumaines –, il assénait à longueur de journée et de soirée :

— Attention ! Ici, on n'est pas dans les *50 nuances de Grey*, ni à Londres ! Pénétration, fellation, sodomie, c'est comme composter son ticket. Vous n'avez qu'à ouvrir la bouche ou à écarter les cuisses, on ne vous demande pas grand-chose, bande de feignasses.

Il ajoutait parfois, pour se donner l'air d'un homme d'expérience :

— Si vous saviez de quoi sont capables les filles occidentales !

Les clients de Soudabeh se succédaient, grossiers et vulgaires, jeunes et vieux, gros et minces, laids et très laids, drogués ou saouls, avec des bites petites ou grosses, souvent grosses, et souvent mal lavées. Il y en avait aussi de beaux, de très jeunes, des puceaux intimidés. Ils étaient, tous, rapides et expéditifs. Certains sur le point d'éjaculer dès qu'ils la voyaient à moitié dévêtue. Quant à elle, le va-et-vient des bites entre ses reins ne lui faisait ni chaud ni froid. Elle pensait à autre chose, souvent à sa mère, aux heures heureuses de son enfance avec son amie Zahra. Les hommes, les uns après les autres, faisaient grincer le lit métallique et le patron veillait à ce que le temps ne fût pas gâché. « On ne vient pas ici pour causer mais pour baiser, répétait-il. On en a pour son argent et pas une seconde de plus. » Dès que le râle du lit cessait – preuve que le client venait d'éjaculer –, le temps de remonter son froc, il était prié de libérer la chambre ; le patron ou la tenancière frappait à la porte. « On se dépêche ? »

La pornographie
et 180 coups de fouet

« Ils m'ont tuée. Ça a duré plus de deux heures. Ils me reprochaient mes lèvres très fines. L'un d'eux n'arrêtait pas d'aboyer : "C'est quoi cette bouche ? Ce trou du cul de poulet ?" Ils m'ont tellement humiliée. J'avais une bite dans la bouche et une dans ma chatte. Deux bites. Vous vous rendez compte ? Tout ce qu'ils voient dans les films porno, ils veulent le pratiquer sur nous. À la fin, ils ont pissé sur moi. Rien ne leur fait honte. Même les assassins sont mieux traités que nous. Que voulez-vous que je vous dise ? Y a des hommes vulgaires, chez les putes ou ailleurs. Comme je ne suis plus jeune, je dois accepter les clients les plus difficiles. Dans ce métier, quand on fait dans le bas de gamme, on vieillit très vite. La vie m'a beaucoup abîmée. Je n'étais pas comme ça. Et puis, il y en a qui vous font tout et ne vous paient même pas. Qu'est-ce que je peux faire ? Porter plainte pour escroquerie ? Ça m'est arrivé plusieurs fois. Maintenant, je demande toujours d'être payée à l'avance, surtout quand ils sont plusieurs. Ah ! Ce pays n'était pas comme ça. J'en ai vu dans ma vie... Ça fait presque quarante ans que je fais ce métier. J'ai commencé très jeune. Trop jeune. C'est une longue histoire. Je n'ai jamais été une beauté, mais avant les clients n'étaient pas comme ça. Ils se comportaient correctement. Je ne dis pas qu'ils nous respectaient ; les femmes ne sont pas respectées dans ce pays ; alors les prostituées... vous imaginez... Mais enfin, je n'avais jamais connu ce que je vois depuis ces dernières années. Parfois, j'ai l'impression de toucher du doigt la misère des hommes aux désirs vils. La misère des hommes aux désirs bon marché. »

Elle a les yeux cernés. Un visage allongé auquel on ne saurait donner d'âge.

« ... Je ne sais pas ce qu'il faut faire, mais si les pauvres faisaient comme les riches : seulement un ou deux enfants, beaucoup de problèmes seraient déjà résolus. Regardez les milliardaires : ils ne font qu'un, deux, ou trois enfants. Prenez par exemple l'homme le plus riche du monde... comment il s'appelle déjà... Vous savez l'homme de Google... Je ne connais que lui... enfin je veux dire, tout le monde le connaît, même dans notre milieu. Je n'arrive pas à retenir les noms étrangers... ? »

103

— Bill Gates ?

« Oui, c'est ça ! Le gars a des milliards à ne savoir qu'en faire, et il ne fait que trois enfants, alors qu'il a les moyens d'en avoir des milliers. Ce ne serait pas un drame si la démographie baissait, surtout dans les pays où le taux de pauvreté est très élevé. On est en 2014, bordel, et nul ne devrait être autorisé à faire cinq ou dix gosses quand il n'a pas les moyens matériels de les élever, d'assurer leur santé, leur alimentation et leur éducation. On oublie de rappeler que la meilleure façon de lutter contre la misère serait que les miséreux se reproduisent moins. Ça n'empêcherait pas la terre de tourner. Et puis, merde, les préservatifs, les contraceptifs, la pilule du lendemain existent : pourquoi ne pas les distribuer gratuitement ? Dans mon village, encore aujourd'hui – j'ai une sœur qui y vit toujours à qui j'envoie de temps en temps un peu d'argent –, les femmes ne voient jamais leurs règles ; leur jeunesse passe d'une grossesse à l'autre, d'un accouchement à l'autre. C'est criminel.

J'aurais bien aimé travailler dans d'autres domaines, dans l'humanitaire par exemple, mais voilà... J'ai grandi dans une maison close. Vous vouliez quoi ? Que je devienne ingénieur en physique nucléaire ! Même si je suis une pute, je n'ai pas honte de le dire, même si je suis une pute et vous une femme respectable et vertueuse, nous

104

sommes semblables. Nous nous ressemblons beaucoup plus que vous ne le croyez. Les femmes "bien" savent qu'elles et moi, nous sommes semblables. C'est pour ça qu'elles se traitent souvent de putes, alors qu'à mon avis, la plupart sont des salopes ou des connasses.

Comme je disais, baiser c'est naturel et inévitable, mais je ne comprends pas ce sacro-saint droit à la reproduction. Des tas de gens feraient mieux de ne pas se reproduire. Autour de moi, depuis que je suis née, je ne vois que des gens qui n'auraient jamais dû se reproduire, et pourtant... Prenez mes propres parents : être pauvres, sans travail, sans rien, sans éducation, sans pouvoir offrir un avenir même à un chien, ça ne les a pas empêchés de faire huit gosses. Et on est tous dans la merde. À part moi, oui, au risque de vous surprendre, qui me suis, malgré tout, plutôt bien débrouillée, et ma sœur cadette, qui est morte, les autres ont fait des enfants, alors qu'eux-mêmes n'auraient jamais dû naître ! Ce n'est pas dur ce que je dis, c'est ce qu'on vit qui est dur. Ce n'est pas un drame de ne pas exister. De ne pas naître. Le drame commence avec les naissances malheureuses. Le drame et le crime.

Regardez en Syrie, en Irak, au Nigeria... ni la guerre, ni les persécutions, ni la vie lamentable dans des camps de réfugiés n'empêchent les pauvres de se reproduire ; dès qu'ils sont en âge, ils ont deux trois gosses sous les bras. On n'aurait qu'à leur distribuer des contraceptifs avec la nourriture. Cette irresponsabilité est criminelle. »

Elle se mouche. Tousse. Allume une cigarette. Puis reprend :

« ... J'aurais pu, j'aurais même dû tomber dans la drogue, mais j'ai dit tout de suite à mon mac que je ferais tout ce qu'il voudrait mais ne toucherais jamais à cette saloperie de merde. Des tas de filles sentimentales ont besoin d'être droguées pour se lancer, mais j'avais, je crois, assez de cran, et puis, franchement, je me suis dit qu'un jour je pourrais m'en sortir..., aujourd'hui, je sais qu'ils ne me laisseront jamais partir, même à mon âge. C'est comme ça. Tu leur rapportes gros, et l'argent est la seule chose qui compte. Quand je ne serai plus capable de faire même une branlette – il paraît que j'ai des mains exceptionnelles –, je surveillerai les nouvelles recrues, c'est comme ça. On nous utilise jusqu'au dernier jour. »

Elle montre ses deux mains. Elles sont grandes, fortes et charnues.

« ... Je suis aussi habile de la droite que de la gauche ; même mon mac m'en demande de temps en temps.

J'ai été arrêtée une fois et j'ai pris 180 coups de fouet. C'étaient deux de ces horribles gardiennes de la morale, elles se sont bien défoulées sur moi. En sortant de la prison, j'avais du mal à me remettre au boulot, à cause de l'humiliation, mais surtout à cause de mon dos et de mes fesses qui étaient en sang ; ça a pris des semaines à cicatriser, et pendant tout ce temps, comme il fallait que je bosse quand même, je faisais la pipe ou la branlette. Ce n'est pas tout à fait le même métier. Quant à mon dos, il ressemble à une carte routière, même si mes collègues m'ont mis des pommades chaque nuit. Depuis, plus aucun client ne me prend en levrette, ma peau boursouflée les fait débander et certains deviennent même agressifs et violents. Ils ont l'impression de tomber sur une pute qui n'est même pas bonne à être baisée. Moi, ça m'est égal, parce que les salopards, les méchants et les bourreaux ne me font ni effet, ni peur. La seule personne qui me fait parfois peur, c'est moi-même. »

Tahmineh
Naissance : 14 décembre 1962 dans un petit village, non loin de Tabriz*.
Elle a été pendue le 2 septembre 2015.

---

* Tabriz est une ville de l'Azerbaïdjan iranien au nord-ouest de Téhéran. Habitée depuis l'âge du fer, la ville se situait sur la Route de la soie. Conquise par Gengis Khan, puis par les Ottomans, et enfin par les Russes, c'est en 1828, après le traité de Turkmanchai, sous l'époque Qajar, qu'une partie de l'Azerbaïdjan est cédée aux Russes et Tabriz restituée à l'Iran. La langue est l'azéri, même si le persan reste la langue officielle. Les habitants de Tabriz, comme tous les habitants de l'Azerbaïdjan iranien, parlent le persan avec un accent azéri à couper au couteau. Le grand soufi mystique, Shams é Tabriz, inspira à Molana (Al Roumi) son *Divan é Shams*. Les deux hommes ont vécu une amitié comparable à celle de Montaigne et La Boétie.

Le 21 août 2015, des gardiens de la morale, armés de kalachnikov, débarquèrent dans la maison close. Elle fut arrêtée avec quatre autres filles et leur mac. Tous ont été pendus le 2 septembre 2015. Les femmes ont été jetées dans une fosse commune pour femmes et le mac dans une fosse commune pour hommes.

L'homme providentiel

À dix-neuf ans, selon l'acte de naissance de sa sœur morte, et à dix-sept ans en vérité, lorsqu'elle était devenue veuve, Zahra avait mené une vie fervente et pratiquante. Elle prodiguait à ses deux filles un amour maternel qu'elle n'avait jamais connu enfant. Elle faisait la bonne dans quatre maisons afin de payer le loyer de sa misérable masure. Parfois, elle confiait ses enfants à sa mère, parfois elle les emmenait à son travail. Malgré sa situation d'indigence, les patrons qui éjaculaient à la dérobée dans sa bouche ne la payaient pas un haricot de plus. Ils pensaient que s'ils se montraient généreux, elle pourrait avoir d'autres revendications. Ses patronnes lui donnaient de vieux vêtements usés, pour ses filles, pour elle-même, des légumes et des fruits un peu moisis ou des restes de plats pour ne pas les jeter. En dépit de ses malheurs et de la dureté de sa vie, Zahra gardait la foi : si Dieu lui rendait si pénible la vie terrestre, c'était pour récompenser son endurance au Paradis où elle connaîtrait le bonheur éternel. Après sa prière matinale, à l'aube, elle habillait ses filles encore endormies, portait la plus grande en bandoulière, prenait la plus jeune dans ses bras, mettait à l'épaule un sac en plastique contenant leur déjeuner – préparé la veille –, ajustait son voile avant de sortir et marchait vingt minutes pour prendre son bus au premier arrêt afin de trouver une place assise. Elle changeait de bus et dans le second, toujours bondé, il arrivait qu'une jeune femme, la voyant avec un enfant dans les bras et un autre dans le dos, lui cédât sa place. Elle travaillait chez chacune de ses quatre patronnes deux fois par semaine, ce qui lui faisait deux maisons par jour. De huit heures à treize heures chez la première et de quatorze à dix-neuf chez la deuxième. Elle s'arrêtait dans le jardin près du mausolée de l'imam Reza pour déjeuner. C'étaient les trente minutes de détente de la journée. Elle rentrait chez elle, tard le soir, après des heures dans le trafic. Elle évitait autant que possible le milieu du bus où les zones imparties au masculin et au féminin se rejoignaient ! Selon la règle de la morale islamique en vigueur en Iran, les hommes montent dans les bus par la porte de devant et les femmes par celle de derrière afin de préserver les musulmans et les musulmanes de tout contact corporel. Les hommes qui veulent économiser les frais de putes se frayent un chemin dans la foule compacte jusqu'à la ligne virtuelle de démarcation pour frotter leur queue contre les rondeurs des femmes. Au milieu des bus en Iran, parfois, on assiste ou participe, à son corps défendant, à une partouze islamique, au point de ne pas savoir qui se frotte contre qui. Et puisque tout un chacun, comme il se doit, prétend être un musulman exemplaire, celle qui protesterait serait accusée et dénoncée comme pute de bus. C'est ainsi que certaines jeunes femmes se bousculent pour échapper aux queues bandantes d'inconnus, tandis que certaines femelles se glissent au milieu du bus pour agrémenter clandestinement le temps gâché dans les embouteillages d'un plaisir interdit.

Le lendemain de la mort de son père, après avoir déchiré l'acte de naissance de sa sœur morte, Zahra ne savait ce qu'elle allait faire, mais elle avait décidé de ne plus se rendre à son boulot. « Je suis jeune, belle, je n'ai que dix-neuf ans, non… dix-sept ans, et je peux trouver un travail mieux payé et plus valorisant que bonne à tout faire et à tout sucer. Vendeuse de sous-vêtements pour femmes, de jouets pour enfants, ou de produits artisanaux pour les touristes au centre-ville. Je peux devenir gardienne à l'entrée du mausolée, fouiller les corps et les sacs des femmes, ou je pourrais répondre au téléphone quelque part, dans un bureau, donner des rendez-vous médicaux. Que sais-je moi, je trouverai quelque chose », se réconforta-t-elle. Sa recherche fut aussi courte que sa déception grande. Une semaine plus tard, elle dut se rendre à l'évidence : une femme sans aucune qualification ne trouve aucun autre boulot que bonne, avec tous les inconvénients qu'elle avait expérimentés. Un soir, en rentrant chez elle, elle croisa un ami de son défunt mari, un type, comme lui, pas fréquentable, qui venait d'être relâché après quelques années au mitard. Il l'apostropha :

— Ça ne doit pas être facile, deux bouches à nourrir.

Pour toute réponse, elle laissa échapper un soupir.

— Si jamais vous avez besoin de quoi que ce soit, dites-le-moi, votre mari était un frère pour moi.

Même si elle le savait drogué et non fiable, elle lui confia qu'elle cherchait un travail. Et lui de répondre :

— J'ai quelque chose qui pourrait vous convenir. Je connais un type très bien qui cherche une, une... comment on dit déjà... une assistante.

— Assistante de quoi ? demanda-t-elle.

— Je ne sais pas exactement, mais c'est un type sur qui vous pouvez compter, un type qui a le bras long.

— Au nom de Dieu, dites-moi la vérité, ce n'est pas dans la drogue, hein ? je ne toucherai pas à cette saloperie, même si je dois mourir de faim.

— Je le jure sur la tête de mes enfants. Il n'y a pas de drogue dans son business. Vous êtes comme une sœur pour moi...

Sa sœur, justement, il la faisait travailler pour vendre de la drogue. Le lendemain matin, il conduisit Zahra à l'échoppe de l'homme au bras long. Elle le remercia. « Y a pas que des gens mauvais, même un drogué peut avoir un cœur. »

Au beau milieu du Bazar de Mashhad, dans les échoppes pleines d'effluves, l'Orient bat son plein. L'odeur de safran vous enivre. L'or parfumé de l'Iran. Elle fut étonnée. L'homme ne correspondait point à ce qu'elle avait imaginé, un type semblable à ses patrons. Il était plus âgé, petit, barbu, et en bon musulman égrenait son chapelet en psalmodiant on ne savait quel verset du Coran. Elle attendit dans le magasin, l'homme s'entretint quelques minutes en privé dans la petite pièce de derrière avec le drogué qui l'y avait conduite, glissa quelques billets dans sa main, l'accompagna à la porte avant d'accueillir chaleureusement Zahra. Il la scruta attentivement et apprécia sa beauté, malgré sa mauvaise mine et son visage sans maquillage entouré du voile noir.

— J'ai appris que vous êtes veuve.

— Oui, prononça timidement Zahra.

— Racontez-moi. Comment avez-vous tenu deux ans sans un homme qui veille sur vous ? la questionna-t-il d'un ton bienveillant.

— J'ai travaillé. J'ai fait la bonne dans plusieurs maisons. J'ai vécu dans la pauvreté, mais mes enfants n'ont manqué de rien. Je serai votre bonne si vous me le permettez.

— Je n'ai pas besoin de bonne, mais d'une femme, rétorqua-t-il d'un ton tranquille et posé.

Ça ressemble à une demande directe en mariage, pensa-t-elle, tout en sachant qu'il était sûrement déjà marié et cherchait probablement une deuxième, une troisième ou peut-être même une quatrième femme. Après tout, c'est autorisé par la loi et c'est mieux que de sucer les bites de trois patrons – le quatrième s'était toujours comporté correctement et n'avait jamais enfoncé sa bite dans la bouche de Zahra.

Elle baissa la tête. L'homme la questionna à nouveau :

— Que faisiez-vous dans ces maisons ?

— Des choses habituelles.

— Par exemple ?

— Balayer, nettoyer, laver, repasser... parfois cuisiner.

— Fellation comprise ? demanda-t-il toujours du même ton tranquille et posé.

Il savait bien ce qui se passait entre bonnes et patrons à l'abri des regards.

Zahra, effrayée, leva la tête. Bouche cousue. Être forcée de sucer les bites de ses patrons était une chose, mais l'avouer en était une autre. L'avouer la rendait coupable, complice, alors que jusque-là elle n'était que victime, sans défense, implorant chaque nuit le pardon de Dieu pour le mal qu'on lui faisait, pour le mal qu'elle subissait, le mal qui la salissait.

Face au silence honteux de Zahra, tête baissée, l'homme ajouta :

— Et tu le faisais comme tu lavais et nettoyais leur maison, sans aucun dédommagement matériel !

Elle fondit en larmes. Quel homme merveilleux, humain. Elle le surnomma dans son cœur l'homme providentiel. Non seulement il ne portait pas un jugement sévère, non seulement il ne la condamnait pas, mais il la plaignait. Elle avait été abusée. Elle commença à avouer.

— J'étais obligée, je n'aimais pas ça, ça me dégoûtait comme lorsque je lavais leurs chiottes sales, je jure devant Dieu que j'étais forcée, ils ont menacé de me dénoncer si je ne le faisais pas. Que peut une femme sans défense ? Rien. J'ai deux enfants à nourrir. Je ne pouvais dormir à la rue, ç'aurait été pire. Là, au moins, je me disais que ça se passait entre quatre murs et que personne ne savait. Je jure devant Dieu que je n'ai jamais eu un seul centime pour ça, je ne suis pas une prostituée.

— Je comprends. Je comprends. Pleure pour te soulager. Ces hommes agissaient mal, ne respectaient pas la loi. Ce ne sont pas des musulmans. Je vais t'aider. Mais d'abord, dis-moi ce que tu aimes.

— Comment ça ? demanda-t-elle, en se mouchant.

— Eh bien, qu'est-ce que tu aimes ?

— Comme quoi ?

— Comme pratique sexuelle.

Zahra devint rouge et chaude comme une betterave sur le feu. L'homme providentiel remarqua que ça lui allait très bien d'être timide et émue. Ses joues pourpres rendaient à son visage la fraîcheur que des années de misère lui avaient dérobée. Elle est belle. Elle est très belle. Il peut viser haut, très haut, avec elle.

— Dis-moi, qu'est-ce qui te plaisait avec ton mari ? D'abord, à quel âge on t'a mariée ?

Zahra, qui ne s'était jamais racontée à personne, lui confia tout. Son mariage à douze ans, enfin, à dix ans. Son premier rapport douloureux qui l'avait effrayée. L'arrestation de son mari. L'année terrible au village. Le retour du mari. Sa première grossesse, et à ce point de son récit, elle rougit à nouveau comme une betterave, et murmura d'une voix chaude, basse et voluptueuse :

— C'est seulement pendant ces trois mois que j'ai compris ce que c'était d'être une femme. Une femme qui veut un homme à ses côtés. Mais ça n'a pas duré

– sa voix changea et perdit son intonation sensuelle, ce que regretta l'homme providentiel. Dieu ne me voulait pas heureuse.

Puis elle exprima son attachement à ses enfants.

— Pour elles je ferais tout. Dieu le sait, c'est pour elles que je me suis soumise à des actes auxquels mes trois patrons me forçaient, et Dieu sait que je n'y ai jamais pris de plaisir ; jamais je n'ai regardé un homme, jamais je n'ai eu depuis mon premier accouchement aucun désir pour un homme, je suis restée pure et je sais que Dieu me pardonne.

Une naïveté d'enfant résonnait dans sa voix lorsqu'elle avouait ses péchés forcés. Ce qui fit sourire l'homme providentiel. Elle termina en évoquant la mort de son père et le fait qu'elle avait hérité l'acte de naissance de sa sœur morte, puis elle affirma, satisfaite et fière, qu'elle avait en vérité dix-sept ans et non dix-neuf, puisqu'elle était née après son frère et non avant.

Rien de ce qu'elle raconta ne surprit l'homme providentiel. Seuls l'étonnèrent son extrême candeur, sa foi intacte et sa magnifique beauté, malgré tout ce qu'elle avait enduré.

Dans les milieux pauvres, ces malheurs étaient monnaie courante. Cependant, jamais l'acte de naissance d'un fils ne fut faux. Les mères, fières et heureuses d'avoir accouché du sexe supérieur, veillaient soigneusement à ce que la date de naissance de leur progéniture mâle fût déclarée et enregistrée aussitôt et correctement.

Quand elle eut fini de parler, l'homme providentiel lui déclara :

— C'est contraire à la volonté de Dieu et de ses lois qu'une si jeune et belle veuve vive dans la réclusion. Il faut qu'un homme prenne soin de toi.

Et il entendait être cet homme-là, mais pas de la manière que Zahra supposait.

— Vous êtes un homme envoyé de Dieu. Vous êtes l'homme providentiel. Je serai votre bonne ou votre femme. Je me soumettrai à votre volonté.

— Moi, je ne peux pas t'épouser.

Zahra fut étonnée. Avait-elle mal entendu ? N'avait-il pas dit avoir besoin d'une femme et non pas d'une bonne ? L'homme providentiel s'expliqua :

— J'ai déjà quatre femmes.

— Ah !

— Oui, c'est dommage, je t'aurais volontiers épousée. Une femme aussi belle et pieuse est un cadeau du Ciel et ne se refuse pas. Heureusement que notre cher islam a des solutions à tout. Va demain à quatorze heures à l'adresse indiquée au dos de cette carte de visite. J'ai une solution pour toi...

Une escort girl

« Une maîtrise de littérature anglaise, ça ne nourrit pas son homme... ni sa femme : depuis un an je végétais ; pas de boulot, pas d'occupation. Une copine m'a refilé l'adresse du gars dont elle me parlait depuis un moment, en ajoutant : "Tu blufferas n'importe qui sans mal, avec ta culture et ton sens de la répartie !" Pour le reste, elle savait que j'avais tout ce qu'il faut : jolie gueule, me dit-on souvent, des nichons bien foutus, des jambes impecs. Bref, la totale, sans fausse modestie. J'avais juste un nez qui clochait. Le fameux nez *rashti*[*], je l'ai opéré.

Il m'a accueillie plutôt courtoisement, je dirais même affablement, comme s'il s'agissait d'un vrai métier respectable, à ceci près qu'il m'a dévisagée avec ses yeux perçants. Le genre d'homme d'affaires efficace et très *matter of fact*. Ça n'a pas pris trois minutes ; j'avais d'entrée été reçue à l'examen !

---

[*] Les habitants de la ville de Rasht, les Rashtis, sont connus pour leur nez crochu.

Affaire conclue. Dès le lendemain, j'ai reçu une proposition. Escorter un homme d'affaires autrichien ou allemand, je ne sais plus, qui souhaitait visiter le musée du Tapis et le Musée national. Je l'ai retrouvé de bonne heure : j'ai fait le guide. Nous parlions anglais, même s'il n'arrêtait pas de s'exclamer : *"Sehr schön ! Wunderbar !"* C'était un homme grand, blond, un peu fade à mon goût, mais distingué, un peu âgé, en tout cas pas jeune du tout, au-delà de soixante ans. Il connaissait assez bien les tapis persans et aussi l'art antique iranien. Il semblait ravi de sa journée. Il a beaucoup disserté sur l'amitié entre nos deux peuples aryens. Après les musées, il m'a demandé si je le raccompagnais. "Bien sûr", ai-je répondu.

Il était logé dans un appart hôtel très luxueux exclusivement réservé aux VIP étrangers. Je ne savais même pas que ça existait.

Il m'a paru embarrassé. Il a commandé deux schnitzels de veau. Nous avons mangé presque en silence, en regardant vaguement CNN.

"Je suis crevé... je ne me sens pas très bien, m'a-t-il avoué. L'air de votre ville est très pollué et j'ai l'impression d'avoir de la fièvre." Il est allé dans la salle de bains. J'ai attendu, assise sur le canapé sans desserrer la bouche ni les jambes, mais j'avais enlevé quand même mon foulard. "Je suis un vieil homme", s'est-il excusé en sortant de la salle de bains, vêtu d'un pyjama. Il s'est allongé dans son lit. "Voulez-vous venir près de moi avant de partir ?" Je me suis assise au bord du lit. Vieux gamin gâté et gâteux, il s'est mis à glousser comme un poussin, m'a pris la main et l'a glissée en bas de son ventre. "Restez comme ça cinq minutes", a-t-il murmuré. Sa queue frémissait vaguement ; je lui ai caressé les couilles doucement et soudain j'ai senti sur mes doigts un peu de sperme chaud. Je suis allée me laver les mains, j'ai éteint la lumière et suis partie. "*Gute nacht*", ai-je cru l'entendre dire en fermant la porte. J'étais chez moi avant onze heures. Les Germaniques sont des couche-tôt. En tout cas les vieux.

J'ai répondu avec beaucoup d'empressement le surlendemain à l'appel de Bob. C'était le nom que m'avait donné le premier jour le "manager", bien qu'il fût un Iranien pur jus comme moi ! "Appelez-moi Bob." "Si ça vous chante." Je devais me rendre à six heures dans une villa où se terminait une réunion d'affaires. "C'est très bien payé", a-t-il précisé. »

Tout en parlant, elle se pince fréquemment et nerveusement de sa main droite le haut du bras gauche.

« ... Bob m'attendait devant la porte. Dès que je suis entrée, il m'a ordonné : "Donne-moi ton foulard et ton manteau." Il m'avait déjà demandé au téléphone de me mettre sur mon trente et un. "C'est classe !" Je portais une simple robe noire, courte, qui mettait en valeur mes jambes, ma taille fine et mes seins. On appelle ça dans notre pays un habit de pute ! Dans la villa régnait une atmosphère feutrée et confortable : fauteuils rouges, divans, tables basses chargées d'alcools. Six ou sept hommes, dans la quarantaine. Une autre fille, une collègue. Très jolie, bien qu'un peu grassouillette. Une atmosphère bon enfant. Tout me parut plutôt sympathique. Toutes les deux, nous avons dansé sur une musique iranienne. Les gars, sans nous accompagner, avaient l'air d'apprécier le divertissement. Les regards appuyés et les clins d'œil qui jaugeaient les courbes et les volumes suggéraient que les choses sérieuses n'allaient pas tarder à commencer.

"Viens ici", me dit d'un ton autoritaire l'un d'entre eux, le plus baiseur, j'imagine, avec un accent appuyé en anglais. Je m'approchai, sourire aux lèvres. "Tu bois quelque chose ? — Du whisky." J'étais nerveuse et pensais que quelque chose de fort me détendrait. "Tu vas nous faire une faveur, d'accord ? — Avec plaisir", ai-je répondu sans savoir le genre de faveur qu'il allait exiger.

C'était une soirée internationale, les mecs avaient des accents différents en anglais. Le regard d'un d'entre eux, un certain Igor, un Russe j'imagine, me mettait à nu sans que j'aie eu à ôter quoi que ce fût. Le premier, un Français, un certain Roland – j'ai reconnu son accent, il avait du mal à rouler les *r* –, me prit par le bras, m'attira vers lui, et me fit asseoir sur un pouf à ses pieds. "Je vais t'expliquer ce que tu dois faire... Tu vas garder ta robe... Je vais t'enlever ta culotte... Ensuite... Mais commençons... Lève-toi !" Je me levai. J'étais face à lui, tout contre lui. Il a glissé sa main sous ma robe, a saisi le haut de mon string et l'a tiré violemment vers le bas, en me l'arrachant, comme si j'avais esquissé la moindre velléité de résistance.

"Take it easy", murmurai-je. "Tais-toi ! C'est moi qui parle." J'acquiesçai d'un signe de tête. »

Elle s'arrête quelques instants, hésite, puis continue son récit. Son tic reprend : elle presse maintenant convulsivement son bras gauche.

« ... Il m'a fait pivoter et m'a jetée carrément sur la grande table à manger moderne en verre. Il a parachevé son tableau en soulevant ma robe complètement jusqu'à la ceinture. J'étais allongée jusqu'à la taille sur la table, la moitié du visage collée sur le verre épais et froid. "André et Igor, venez !" Ils me prirent chacun une main, écartant mes deux bras. De son côté, le maître de cérémonie écartait largement mes deux jambes et glissait sous mon bas-ventre un coussin bien rembourré : j'offrais mon cul et mon con à tous les regards tandis que le mien se perdait dans les arabesques du tapis – de Tabriz il me semble – qui couvrait la vaste pièce. Je fermai les yeux. Je suis restée deux trois minutes dans cette position indécente et inconfortable. Les mecs installaient l'autre fille dans la même position, à l'autre bout de la table. Nos regards se sont croisés, puis soigneusement évités. »

Elle s'interrompt. Hoche la tête sans lever les yeux.

« ... Je ne sais pas pourquoi je ne me suis pas levée. Pourquoi je n'ai pas protesté. S'ils avaient été mes compatriotes, je n'aurais jamais accepté cette humiliation, même si j'avais ingurgité quelques verres de whisky. Je crois que j'étais intimidée devant ces hommes français et russes. Complexe d'infériorité.

Un doigt se glissait dans mon vagin, en explorait doucement les profondeurs, en testant l'élasticité et l'humidité. Cette caresse légère et la sensation d'être livrée à d'innombrables inconnus – des mains fermes s'étaient emparées maintenant de mes deux chevilles et me maintenaient écartelée – me communiquèrent une forme inédite de peur et d'excitation : je pensais que ces étrangers avaient des goûts sexuels assez tordus et sophistiqués.

L'assaut brutal d'une très grosse queue me déchira soudain l'anus et me pénétra le rectum. J'ai hurlé. La douleur était vive, violente. Je continuais à hurler, mais les coups de sape ne ralentissaient pas pour autant. Les mains sur mes chevilles, sur mes hanches changeaient et la bite qui me défonçait le cul aussi. J'ai cessé de hurler lorsque j'ai entendu les cris de ma collègue. Nous n'étions plus que des proies sacrifiées à des maîtres indifférents et salaces, des sadiques que notre humiliation et notre souffrance excitaient.

Lorsqu'ils m'ont lâchée enfin après m'avoir déchiré le cul, paralysée, j'avais du mal à me redresser. Sans regarder personne, surtout pas ma collègue, j'ai ramassé ma culotte au pied du divan. Le Bob iranien a réapparu. J'ai pris mon argent, sans le compter, j'ai enfilé mon manteau, remis mon foulard et quitté la maison la première. Escort ou non, désormais j'étais vraiment devenue une pute, rien qu'une pute. »

Laleh
Naissance : 22 novembre 1969 à Rasht[*].

Son corps a été trouvé le 10 février 2007 à Téhéran chez elle. Nul n'a su comment elle avait été assassinée ni par qui.

---

* Rasht se situe dans la province de Gilan, au bord de la mer Caspienne, au nord-ouest de Téhéran.

La déesse à 30 dollars

Belle Soudabeh devint l'exception à la règle. Les patrons avaient augmenté son tarif à 45 000 tomans, à peu près 15 dollars. Elle fut jalousée. Sa très grande beauté et son très jeune âge lui procurèrent des avantages dont ses collègues étaient privées. De bouche à oreille, la réputation de Belle Soudabeh fit le tour du quartier et s'étendit même au-delà. Le chiffre d'affaires de la maison et le nombre de ses clients flambèrent. Elle recevait plus de vingt clients par jour, et pas un seul vaurien, car il fallait avoir des moyens pour se payer ses services. Le patron n'avait pas tardé à monter son prix à 60 000 tomans, puis directement à 90 000 tomans, équivalent de presque 30 dollars. Des hommes qui n'avaient jamais mis les pieds dans une maison close si bon marché des quartiers pauvres, et qui fréquentaient des endroits et des putes chic, venaient essayer la déesse à 30 dollars. La maquerelle réaménagea sa chambre, changea ses literies et lui acheta quelques lingeries en dentelle. Il fallait réserver Belle Soudabeh plusieurs jours à l'avance tant son agenda était chargé. Certains clients faisaient le long chemin depuis les plus beaux quartiers du nord de Téhéran pour descendre goûter à celle qu'on avait surnommée « la plus belle pute du pays ».

Un jour, une Mercedes dernier cri, aux vitres fumées, se gara devant la maison, et trois hommes costauds, habillés en noir, sortirent de la voiture. Le proxénète était au seuil de la porte entrouverte ; il pensa tout naturellement qu'il s'agissait d'agents du gouvernement qui venaient soit pour lui soutirer des pots-de-vin, soit pour casser sa baraque et fermer son commerce pour un temps, histoire de se donner l'air de lutter contre la prostitution. Les trois hommes lui intimèrent l'ordre de rentrer. Il obtempéra sans protestation. Ils lui déclarèrent qu'ils venaient pour Belle Soudabeh. Le patron, tout heureux, les invita à l'intérieur, avec l'amabilité, la politesse et la gentillesse hypocrites qui caractérisent les coutumes et les codes des Iraniens, surtout les plus charlatans d'entre eux. Les trois hommes attendaient dans le salon, sans toucher au thé que leur avait servi la maquerelle. Le patron s'était précipité dans la chambre de Belle Soudabeh, il l'avertit qu'elle allait avoir trois clients très haut de gamme et qu'elle devrait employer tout son talent à les satisfaire et à en faire des habitués.

— Elle vous attend, annonça-t-il à son retour dans le salon.

— Qu'elle vienne ici, dit un des hommes.

— En règle générale, ça se passe dans l'intimité, nous sommes une maison traditionnelle, le sexe

126

collectif n'est pas pratiqué ici. Pour vous, on fera, bien sûr, une exception, mais le prix sera plus élevé.

— On voudrait d'abord voir si elle est aussi exceptionnelle que les clients le racontent.

— Ah, elle l'est ! Je vous le jure, elle est la plus belle chose que vous ayez jamais vue dans votre vie. Ce n'est pas pour rien qu'on l'a nommée Belle. Elle est même plus belle que votre magnifique Mercedes.

Il retourna dans la chambre de Belle Soudabeh et lui ordonna de le suivre. Elle obéit.

À sa vue, les trois hommes furent estomaqués. Le proxénète, qui guettait, avec ses yeux scrutateurs, leurs réactions, détecta d'abord l'enchantement, puis la colère sur leur visage. Il prit peur.

— Viens par là, chère fille ! lui demanda d'une voix autoritaire un des trois hommes, le plus baraqué.

Belle Soudabeh avança vers eux, étonnée, ne comprenant pas ce qui se tramait. L'homme prit Belle Soudabeh par le bras, l'entraîna vers la porte et lança en partant :

— Si jamais tu essaies de quelque manière que ce soit de la retrouver ou de savoir ce qu'elle est devenue, tu sais ce qui t'arrivera : je ferai en sorte que tu regrettes la putain de naissance et celle de tes enfoirés de parents, enculé de petit maquereau.

Sur ce, ils quittèrent la maison.

C'est ainsi que Belle Soudabeh fut enlevée.

L'homme providentiel
en habit de mollah

Dans les yeux toujours mi-ouverts et mal éveillés de l'homme providentiel, on percevait la volupté lasse d'une sieste crapuleuse. Lubrique. Et cet après-midi-là encore plus que jamais.

Zahra se présenta à l'adresse indiquée au dos de la carte de visite qu'elle tenait en main. Dès qu'elle appuya sur la sonnette, la porte s'ouvrit. Elle fut étonnée de découvrir l'homme providentiel en habit de mollah ! Il la fit entrer dans la cour, au milieu de laquelle il y avait un bassin et une fontaine, puis dans l'une des deux pièces.

Bien que commerçant du Bazar, il était aussi mollah. Quand il travaillait dans son échoppe, il ôtait sa robe et son turban. En tant que mollah, il s'occupait essentiellement des *sighehs*. *Sigheh* est le terme à la fois juridique et populaire dans l'islam chiite pour ce qu'on peut appeler mariage temporaire. Selon l'article 1075 du code civil de la charia iranienne, un homme marié, outre ses quatre femmes officielles, peut contracter autant de *sighehs* simultanés qu'il le désire. Deux... dix... vingt... quarante... Sans limite. Excusez du peu.

Très pratiqué en Iran depuis l'instauration du régime islamique, le *sigheh* est une sorte de CDD sexuel. Contrat à durée déterminée, dont la durée minimale peut être seulement de quelques minutes. La femme consent, en échange d'un prix fixé à l'avance, à servir sexuellement l'homme. Le type de pratique sexuelle, classique, fellation, sodomie... n'est pas précisé dans le contrat. J'emploierai le mot *sigheh* indifféremment sous forme d'adjectif et de substantif, comme on le fait en persan, pour désigner aussi bien le contrat de mariage temporaire lui-même que la femme qui en est l'objet. La femme devient la *sigheh* de l'homme, mais aucun terme ne s'applique à l'homme qui prend une ou plusieurs femmes en *sigheh*. Je m'accorderai ici, en français, le plaisir d'une fantaisie en les appelant « maris d'intérim ». Je tiens à préciser, pour éviter toute confusion avec le terme polygamie galvaudé en Occident, qu'à l'opposé de l'homme marié, une femme mariée ne peut avoir qu'un seul mari et aucun homme *sigheh*. Toute relation sexuelle extraconjugale la condamnerait à la lapidation.

Assise à même le sol, sur le tapis, son tchador sur la tête, Zahra n'osait questionner le mollah, enfin, l'homme providentiel.

— Accepteriez-vous de devenir *sigheh* ? lui demanda-t-il sans perdre de temps et sans détour.

Sans voix, elle le regardait.

Constatant que la réponse tardait, il ajouta :

— J'ai déjà un prétendant pour vous.

Il s'empressa, en bon commerçant expérimenté, de lui expliquer le rapport entre l'offre et la demande :

— Au départ le prix serait modeste, mais, au fur et à mesure que le nombre de vos prétendants augmenterait, votre tarif pourrait monter.

Pour toute réponse, Zahra hocha la tête en signe d'obéissance. Malgré sa déception et son étonnement, elle pensa qu'elle n'avait pas d'autre choix. Qu'il ne fallait pas être trop avide dans la vie. Qui veut trop n'aura rien, dit un adage persan. Quel homme respectable voudrait épouser une bonne, une veuve avec deux enfants ? Et puis, au fond, ça ne changerait pas grand-chose d'être *sigheh* d'un homme ou son épouse officielle.

Il marmonna quelques phrases dans sa barbe, fixa la dot ; le montant parut dérisoire à Zahra qui voulut demander, malgré sa timidité, si ce forfait était quotidien ou hebdomadaire. Lorsqu'il annonça le nom du « mari d'intérim », elle fut surprise mais pas mécontente. Mais elle écarquilla les yeux en entendant la durée du *sigheh* : une heure. « Seulement une heure ? ! Et après ? » Sans gâcher le temps en bavardages, il enleva son turban et sa robe de mollah, demanda à Zahra d'ôter son tchador et son foulard et de le rejoindre dans l'autre pièce où il avait préparé la couche nuptiale.

C'était un homme à femmes, d'un très grand appétit sexuel. Il honorait toutes ses femmes royalement. L'homme providentiel bandait à volonté et la nature l'avait bien gâté. Il appréciait la beauté et la sensualité, savait comment s'y prendre avec les femmes. Il savait leur parler, les caresser, les baiser et les faire jouir. Les deux corps s'emboîtèrent comme les deux morceaux d'un même puzzle.

Ce même premier jour, avant que ne s'achevât la durée convenue du *sigheh* – une heure –, encore nu sous les draps, après deux coïts, il la demanda à nouveau en *sigheh*. Tout aussi nue, allongée à son côté, elle exigea 10 % de plus et, dès qu'il voulut négocier, elle lui rappela sa théorie de l'offre et de la demande. Amusé, il accepta. Au total, après trois coïts de l'homme providentiel, plusieurs jouissances de Zahra, à la fin de la durée du deuxième *sigheh*, donc deux heures plus tard, Zahra, épanouie et lasse, était sous son tchador, avec suffisamment d'argent dans son sac pour nourrir convenablement ses deux enfants au moins pendant une semaine.

La deuxième fois qu'elle se rendit dans la petite maison, après les formalités du *sigheh* et le premier coït, alors que tous deux étaient en sueur, elle expliqua à l'homme providentiel qu'elle avait deux mois de loyer en retard et que son propriétaire l'avait menacée d'expulsion. Il lui proposa un *sigheh* d'une durée d'un an, en échange de quoi, elle et ses deux filles seraient logées et nourries. Ce qu'elle refusa. Elle avait beaucoup aimé le sexe avec l'homme providentiel, il ne lui avait pas manqué de respect et s'était montré attentionné, mais puisqu'elle acceptait le *sigheh*, il n'y avait aucune raison que ce fût pour une si modeste contrepartie. En outre, elle avait commencé à fantasmer sur des relations sexuelles avec des hommes riches. Elle lui expliqua qu'elle voulait que ses enfants aillent dans les meilleures écoles privées de la ville, qu'elles fassent des études supérieures pour devenir médecin ou ingénieur... Elle savait que son homme providentiel avait déjà quatre femmes officielles et plusieurs enfants avec chacune d'elles et qu'il n'avait pas les moyens de payer les frais annuels exorbitants de la scolarité de ses deux filles dans une école privée.

Une bonne musulmane de pute

Elle porte un voile cagoule (maghnaeh *en persan) noir sur la tête, comme les écolières, les lycéennes et les étudiantes d'université. Pas une mèche de cheveux ne dépasse.*

« Dieu est mon témoin. Dieu le sait. Je n'ai pas eu le choix. Mon mari est mort. À vingt ans, j'étais veuve avec trois filles. Je n'avais nulle part où aller. J'ai cherché du travail. N'importe quoi. Même pour devenir bonne, personne ne m'a embauchée. Les patronnes avaient peur parce qu'une jeune et belle femme comme moi, même sous le tchador, est un danger. "Tu es trop belle", on m'a toujours dit. Ma beauté ne m'a apporté que du malheur.

Mon père m'a mariée à onze ans parce que j'étais trop belle. Mes filles sont aussi très belles. Je m'inquiète beaucoup pour elles.

Sans boulot, sans ressources, je me suis mise au coin d'une rue pour mendier, le tchador sur la tête. Les gens ne vous donnent rien. Il y a trop de mendiants. Et puis, j'ai été sans cesse chassée. Les mendiants défendent leur territoire. Dieu le sait, je n'aime pas ce que je fais. Dieu est mon témoin. »

Elle pleure. Ses larmes coulent sur son visage. De sa main droite aux doigts fins, elle essuie sans cesse son visage. Se mouche. Son profil est magnifique. Ses lèvres sont si charnues, si sensuelles, si belles et si désirables qu'on a du mal à croire aux mots qu'elles articulent.

« ... Même quand je mendiais, accroupie sous mon tchador, visage couvert, il y avait des hommes qui me harcelaient. Un jour, l'un d'eux a mis un billet par terre devant moi et m'a dit qu'il avait un travail pour moi. Je l'ai suivi. J'étais désespérée. J'ai trois filles à nourrir. »

Elle essuie encore ses larmes sur son visage. On reste accroché à ses lèvres.

« ... Je sais que c'est mal, que c'est un péché ce que je fais, je le sais, mais j'espère que Dieu me le pardonnera. Qu'est-ce que vous voulez que je vous dise ? Je jure devant Dieu que je regrette. Que je suis prête à arrêter si j'ai de quoi payer mon loyer et nourrir mes filles. Dieu sait que je n'aime pas ce que je fais. J'ai été obligée.

Qu'est-ce que vous auriez fait à ma place ? Même lorsque je mendiais, je cachais entièrement mon visage pour que les gens ne voient pas que j'étais jeune et belle, de peur d'être agressée et violée. Ou pire encore, qu'on me jette de l'acide au visage. Ça existe. Une belle femme est maléfique. Beaucoup de gens ne supportent pas ça. Ça rend les hommes incontrôlables. Et vous ne pouvez rien faire. Rien. Pas même porter plainte. On vous accusera. Une belle femme qui s'assoit au coin de la rue est coupable. Même si c'est pour mendier.

Dieu me pardonnera, je le sais. Je fais toutes mes prières. Je n'en manque pas une. Je n'ai pas perdu ma foi. Je fais ça pour protéger mes filles. Elles sont encore petites. Je m'inquiète beaucoup pour leur avenir. Elles sont, toutes les trois, très belles. La beauté, chez nous, est un porte-malheur. »

Fatemeh
Née le 24 février 1990 à Qom[*].
Arrêtée le 20 juillet 2012 à Qom.
Elle fut pendue quelques jours plus tard avec son tchador sur la tête. Son mac s'est sauvé.

Ses trois filles ont été placées dans un centre éducatif religieux où les futures gardiennes de la morale sont formées.

---

[*] Qom est situé seulement à 150 kilomètres au sud-ouest de Téhéran. Son histoire préislamique remonte à 5 000 ans. Ville névralgique du chiisme, son *Hozeh*, centre d'étude de l'islam chiite, est le plus important du pays et décerne des turbans à tour de bras aux mollahs, aux ayatollahs, aux hojatolislams, aux juristes religieux. Le mausolée de sainte *Hazrat* Fatemeh – sœur du huitième imam chiite, Reza – est à Qom. À ne pas confondre avec une autre *Hazrat* Fatemeh, fille de Mahomet, femme de l'imam Ali et mère de l'imam Hassin et de l'imam Hossein. Dans la ville de Qom, nul n'a jamais vu une femme sans tchador.

La Persane

À presque dix-huit ans, avec cinq ans d'expérience dans une misérable maison close bas de gamme, Soudabeh fut enlevée par le trio des proxénètes qui dirigeaient le réseau le plus important et le plus luxueux de Téhéran. Ses nouveaux patrons savaient qu'avec elle, ils allaient gagner beaucoup d'argent ; ils lui avaient expliqué que ses nouveaux clients ne seraient pas de pauvres types qui économisaient trois sous pour se payer une éjaculation rapide, mais des hommes très riches, des hommes d'affaires, des millionnaires, voire des milliardaires, en quête d'un plaisir exceptionnel. Ces hommes avaient connu de très belles femmes, de très belles putes, avaient voyagé à l'étranger, ou, eux-mêmes étrangers, s'étaient offert des filles de toutes nationalités, russes, américaines, chinoises, italiennes, françaises, tchèques... dans des palaces cinq étoiles à travers le monde. Ils avaient fréquenté les plus grands lieux de plaisir en Amérique, en France, en Chine, à Dubaï, en Russie, au Japon..., la plupart avaient l'expérience des orgies et des partouzes de tout genre... Pour eux, la pute devait être en lingerie de grand luxe et offrir un service sexuel raffiné, accompagné de caviar, de champagne, de vodka, ou de cocaïne de première qualité. Ses nouveaux patrons lui avaient intimé de ne parler à quiconque de son expérience dans un bordel de bas étage. Ils l'installèrent dans une villa – copie conforme des villas de Los Angeles –, au nord de Téhéran, au pied des montagnes, où l'air est moins pollué et plus respirable. Un couple de domestiques habitait le sous-sol. La femme s'occupait du ménage et de la cuisine, le mari du jardinage et des courses, tout en servant de chauffeur à l'occasion. Tous les deux avaient pour mission, avant tout, de surveiller Soudabeh en l'absence des macs.

On la conduisit dans un salon de beauté, spécialisé dans le traitement au laser ; elle fut débarrassée une fois pour toutes de ses poils des aisselles, du maillot et des jambes. Totalement épilée, coiffée, maquillée, manucurée… dans ses nouvelles dentelles, Soudabeh avait tout d'une reine de Saba. Ses trois patrons essayèrent la marchandise. Elle était incomparable. Le top.

« Beaucoup de tes clients seront des hommes d'affaires qui ont des journées difficiles, importantes, durant lesquelles ils doivent négocier, décider. Ces gens investissent des millions de dollars dans des projets, concluent des contrats, prennent des risques… Ils ont besoin de se détendre, d'évacuer le stress. Ils veulent être caressés, embrassés, massés, écoutés, sucés... Ils cherchent la sensualité de la femme orientale, la violence du désir et l'extase incandescente.

Tu dois être l'eau et le feu, sainte et putain, c'est ça qui excite le plus les hommes, la putain au regard innocent. Ils veulent être impressionnés, passer une nuit exceptionnelle. Extraordinaire. Tu dois parvenir à les rendre suffisamment accros pour qu'ils reviennent. Ta réputation dépend de tes talents. Tu dois être une actrice. Savoir jouer. Tu dois être la pute de toutes les putes, la plus sublime des putes qu'ils aient jamais rêvé de baiser. Tu piges ? Ils ne sont pas à la recherche d'un vagin ouvert comme un tunnel », lui avait sermonné un de ses macs avant que Soudabeh ne reçoive son premier client.

Ils savaient que sa beauté racée, unique, ses grands yeux noirs envoûtants, ce quelque chose de très persan dans le visage la distingueraient d'emblée de toute autre femme auprès des clients étrangers. Soudabeh était la plus belle femme brune que l'on pût fantasmer. Ses macs savaient qu'elle valait mieux qu'un placement en Bourse, au moins pour une quinzaine d'années.

Elle, de son côté, rêvait : un jour un prince charmant, comme dans *Pretty Woman*, qu'elle avait regardé des dizaines de fois avec les autres filles de la maison close – en VHS puis en DVD –, tomberait amoureux d'elle et la demanderait en mariage, la sauverait des mains de ses proxénètes, l'épouserait et l'emmènerait avec lui à l'étranger, loin de ce pays. Après tout, elle était dix fois plus belle que Julia Roberts dans le film, se disait-elle. Et sans aucun maquillage. D'un seul regard, elle embrasait le cœur des hommes. Elle voyait dans chaque nouveau client un possible prince charmant et employait tout son talent mystérieux à le séduire.

L'image de l'adolescente d'à peine treize ans qui marchait d'un pas rapide, sous son tchador, par un matin brumeux, vers un avenir, croyait-elle, radieux, appartenait à un autre temps. Elle s'était efforcée de rompre avec son passé, avec sa mémoire. Ce serait moins douloureux. Comme si elle n'avait jamais été adolescente, enfant, comme si elle avait toujours été une pute. Née pute.

Elle portait souvent des tops, sans soutien-gorge, sous lesquels ses seins ronds, fermes, insolents, tétons en érection permanente, défiaient les regards, et des shorts très courts qui mettaient en valeur ses jambes, le galbe de ses fesses musclées et moulaient merveilleusement les deux lèvres charnues de son sexe. Outre sa beauté divine, Soudabeh savait comment s'y prendre avec un homme ; d'instinct, elle trouvait les endroits les plus sensibles de chaque client. Les hommes les plus expérimentés tombaient en extase. C'était un don qu'elle avait hérité, sans le savoir, de sa grand-mère, que les gens du village consultaient pour le pouvoir magnétique de ses mains. Une guérisseuse.

Les trois macs décidèrent de changer son prénom pour que nul ne pût faire un jour le lien avec la déesse à 30 dollars dans la maison close où ils l'avaient dénichée. Un des macs proposa Anahita, prénom de la mythologie persane, à la mode, répandu et branché. Le deuxième mac proposa Shiva, prénom indo-iranien. Soudabeh fit remarquer que nul ne la connaissait sous son vrai prénom, que dans la maison close on l'appelait seulement Ziba, Belle, et qu'elle aimerait bien reprendre son prénom. Elle leur rappela que Soudabeh était une princesse mythique aussi belle qu'intelligente dans le *Livre des rois*, le *Shah Nameh* de Ferdowsi, le plus grand poète épique des Xe et XIe siècles, né à Tus, la ville de ses ancêtres, près de Mashhad. Après discussion, il fut entendu qu'elle reprendrait son prénom, mais, comme les clients étrangers ne connaissaient pas la mythologie iranienne, pour eux elle s'appellerait tout simplement la Persane.

Une prof fut engagée pour lui apprendre l'anglais. Ses clients étrangers, notamment des émirs du Golfe, devenaient de plus en plus nombreux. Un d'entre eux voulut l'acheter pour un million de dollars. Ses macs, bien que tentés, refusèrent l'offre.

Pour se payer les services de la plus belle pute iranienne, il fallait mettre le prix, et le prix était faramineux. Une nuit avec la Persane, champagne et caviar compris…, pouvait coûter des dizaines de milliers de dollars à un émir du Golfe. Qui dit émir du Golfe dit richesse inimaginable et dépenses ostentatoires. Une fois caressés, cajolés, embrassés, sucés, baisés par la Persane, ils tombaient tous en pâmoison. Et ils revenaient, ou plutôt la réclamaient chez eux, dans leur palais, à Dubaï, à Abu Dhabi… Au début, ses macs avaient justement pensé l'installer à Dubaï, où ils avaient une succursale, mais ils avaient changé d'avis par crainte que des réseaux internationaux plus puissants ne leur dérobent un si exceptionnel butin. En outre, accompagner Soudabeh en jet privé, ou passer quelques jours sur les yachts les plus luxueux, leur donnait le sentiment d'être de vrais hommes d'affaires.

Cette vie de très grand luxe et de luxure pour une fille de dix-huit ans, qui avait enduré, dès treize ans, ce qui existait de pire dans la prostitution, ne manquait pas d'attraits. À présent, elle se réveillait tard, nageait dans la piscine de la villa ; on lui servait son petit déjeuner, son déjeuner et son dîner. Elle ne faisait rien sinon séduire, caresser, danser – elle dansait, comme beaucoup de filles iraniennes, divinement bien –, embrasser, baiser avec des hommes qui sentaient bon, et savaient apprécier la compagnie d'une jeune fille à la beauté incandescente et unique.

« N'oublie jamais dans quel taudis on t'a ramassée, ta chance est inespérée », lui rappelait souvent un de ses macs.

Ni regrets ni froid aux yeux

« La première fois…, non, avant la première fois, on croit ne pas en être capable, ne pas pouvoir le supporter, on croit mourir de culpabilité, de honte, d'humiliation, de remords. On se réprimande, se blâme : "Tu ne vas pas faire ça !" On se sent souillée, comme de la merde, puis, à la fin de la première fois, lorsque l'homme éjacule, lorsqu'on met l'argent dans la poche, on se dit que ce n'était pas la mer à boire, que ce n'est pas gratifiant, mais pas si terrible que ça. On s'endurcit. Il y a des choses beaucoup plus graves dans la vie…, je sais pas…, la mort par exemple, ou être handicapé, drogué… Être pute, tout le monde l'est, plus ou au moins je veux dire… y a des centaines de millions de femmes dans le monde qui couchent avec leur mari sans plaisir. Femmes au foyer, elles s'occupent du ventre et du bas-ventre de leur mari et n'ont nulle part où aller. C'est dire que coucher avec un homme sans plaisir, ça arrive tous les jours et à des centaines de millions d'épouses. Nous, les autres femmes, nous nous faisons dédommager en cash, et ça, ça fait toute la différence. Ici, même pour se marier, on achète une femme, on fixe le montant de la dot que le futur mari doit payer à sa future femme. Même lorsqu'il s'agit d'un mariage d'amour, on demande d'abord : combien ? Combien pour la dot ? Combien pour les frais de ceci et de cela ? Combien pour le mariage ? Combien pour les bijoux ? On ne peut épouser une fille sans lui acheter or et diamant. On ne parle que d'argent, et franchement je ne vois pas la différence avec ce que nous faisons. Chaque année, des milliers de mariages sont annulés parce que les deux familles ne se sont pas entendues sur le montant de la dot ou les frais du mariage. C'est dire qu'il n'y a qu'un pas entre se prostituer et se marier. Et pourtant, ces femmes mariées nous condamnent du haut de leur vertu mercantile. Alors que dans les deux cas, on demande, avant toute chose : combien ? À ceci près que dans le mariage, les épouses se vendent à un seul homme pour un prix global, tout compris. Mais nous, une fois le client parti, nous sommes libres. Le prix n'est pas le même. Les avantages et les inconvénients non plus.

Certains clients ne viennent pas seulement pour le sexe, ils veulent aussi parler, ils veulent une femme qui ne les juge pas, ne les critique pas, ne râle pas, ne les diminue pas, ne se plaigne pas, une femme qui les écoute, les caresse… J'avais un client qui préférait renifler ma culotte sale pendant que je le branlais plutôt que me pénétrer. Dans ce métier, on voit de tout.

Je travaille à mon compte. Je fais économiser aux mecs les frais du *sigheh* ! Parce que le mollah ne fait pas le *sigheh* pour les beaux yeux des femmes ou la grosse bite des mecs, ni pour l'amour d'Allah, il prend un pourcentage. Tout ça c'est grotesque, si on y pense. Grotesque et hypocrite.

Ça peut vous surprendre, mais je suis croyante, à ma façon – beaucoup de gens ont perdu la foi depuis que les mollahs sont au pouvoir –, et je pense quand même que l'islam s'est montré plus réaliste en inventant le *sigheh*. Sauf que l'argent circule toujours dans le même sens : de l'homme à la femme. Si les femmes pouvaient aussi prendre les hommes en *sigheh*, tout serait parfait. Encore un effort. La quatrième religion sera peut-être plus équitable à l'endroit des femmes ! »

Elle a le regard moqueur. On y perçoit une flamme vite éteinte.

« ... Si j'étais née en Amérique, c'est sûr que d'abord j'aurais essayé de devenir actrice. Ce que nous faisons, ce n'est pas si différent. Nous jouons aussi, mais toujours le même rôle, enfin à peu près, parce que d'un client à l'autre, l'interprétation change, même si le rôle reste le même. Il faut savoir s'y prendre avec un client, faire l'éloge de sa bite, mais pas trop, sinon ce n'est pas crédible. Ils adorent ça, les mecs : être rassurés sur leur bite. Il faut faire semblant de jouir, ou du moins participer à l'acte, même si vous n'avez pas la tête à ça. Tout est question de dosage. Il faut aussi savoir gérer les mecs difficiles. Notre métier ne se limite pas à écarter les jambes ou à savoir tailler une pipe. C'est beaucoup plus compliqué que ça. Vous avez remarqué, je commence à parler comme les intellectuels ! Ils disent toujours "c'est plus compliqué que ça" !

Même en Amérique, ça ne doit pas être facile pour tout le monde. Qui le veut n'a pas la chance de devenir je ne sais quelle star hyper connue, comme Scarlett Johansson. Elle fait baver les hommes iraniens, blonde et pulpeuse comme elle est. Beaucoup de filles ont fait gonfler leurs lèvres, se sont teintes en blond et portent des lentilles de couleur pour lui ressembler… J'aime pas les fausses blondes. Surtout dans notre métier : la couleur d'en haut et la couleur d'en bas… ça se voit tout de suite… Si j'étais née en Amérique, j'aurais même accepté des petits rôles dans de mauvaises séries. Vivre dans une maison à Hollywood, tout le monde en rêve ici. Ici, c'est vraiment la galère. On m'a arrêtée une fois, j'ai pris cent vingt coups de fouet et trois mois de prison ferme, alors que normalement c'est quatre-vingts coups. Y a pas de règles dans ce pays, ils ne respectent même pas leurs putains de lois. Chaque fanatique se venge comme il peut. J'ai dû payer une fortune pour racheter mes coups de fouet. Heureusement que j'avais suffisamment d'économies. Pour te punir ils esquintent ton corps à jamais. J'ai des collègues qui ont été paralysées ou ont eu des complications graves. Je suis quand même restée quatre-vingt-dix nuits accroupie dans une cellule vide, sans rien, à dormir à même le sol, sans qu'on me donne une couverture, un matelas. Rien. Depuis, j'ai souvent mal au dos. Ils te traitent pire qu'un chien, et en plus ils veulent tous te sauter. Je vous jure, de l'inspecteur

145

de police jusqu'au gardien de la morale… Ces préten-
dus bons musulmans qui sont censés défendre les
lois d'Allah sur terre sont les pires. De vrais obsédés
sexuels, des malades. J'ai signé un document comme
quoi je respecterais la morale et ne ferais plus jamais
le trottoir… Et en sortant, devant la prison, des macs,
comme des vautours, m'attendaient ! Candidats à ma
protection. C'est dire qu'ils sont de mèche, et ils nous
fouettent par pur sadisme, ces enfoirés de fils de…
Ils crient depuis plus de trente ans, matin midi soir,
Allah Akbar. Et alors ? On le sait que *Allah* est *Akbar*.
C'est bon, passez à autre chose…

Y a pas de boulot, pas même pour les hommes.
Trop de pauvres, trop de miséreux, trop de drogués…,
à part une minorité corrompue et extrêmement riche,
le reste de la population survit. Même la classe
moyenne a du mal à finir le mois, alors les pauvres !
Ils peuvent crever de faim, de froid, de maladie, de
drogues, personne ne leur vient en aide, sauf si tu es
au service de la police secrète, sauf si tu collabores
avec le régime et espionnes pour lui. Les sanctions
ont appauvri 90 % des gens, mais 10 % s'en sont
mis plein les poches et ils roulent en Rolls-Royce et
en Porsche.

La seule chose qu'ils savent faire, c'est déclarer des
jours de deuil national. On n'a que ça dans ce pays :
des jours de deuil. Les jeunes rigolent et inventent des
blagues en disant que bientôt le calendrier ne suffira
pas à contenir tous les jours de deuil des mollahs. Les
gens n'en peuvent plus de tant de lamentations, du
noir. Plus ils interdisent, plus les jeunes deviennent

avides. Alors que mettre du rouge à lèvres est interdit aux femmes, Téhéran a été surnommée "la capitale du rouge à lèvres". Et rien que ça en dit long sur l'opposition entre la population et ce régime. Faites un tour en ville, à pied ou en voiture – en voiture c'est mieux –, et vous verrez qu'en moins d'une minute, vous pouvez ramasser dix filles. Allez, essayez ! vous verrez que je n'exagère rien. Ils ont fait de ce pays un grand Bazar à putes !

Comme je ne suis pas tout à fait sans cervelle, je me suis dès le début éloignée de la drogue, parce qu'une fois touché à cette saloperie c'est la descente aux enfers. J'ai vu de mes propres yeux des jeunes mères droguées vendre leur enfant pour une seule dose. J'en ai vu, je vous jure, de mes propres yeux. Les enfants vendus sont numérotés et exploités par des réseaux de trafiquants, ils sont sexuellement abusés. Il faut voir le film *Téhéran* de Nader Takmil Homayoun. Un gars quitte sa province et sa famille pour tenter sa chance à Téhéran, et malgré lui, il est mêlé à un réseau de trafic de nouveau-nés et de prostitution. Le film montre les abysses de notre capitale : un univers de prostituées, de mendiants et de mafieux en tout genre.

La pédophilie n'est pas un crime dans ce pays ; même sans drogue, beaucoup de familles pauvres se débarrassent de leurs filles dès l'âge de sept, huit ans en les mariant à un homme six ou sept fois plus âgé qu'elles. Ce sera toujours une bouche de moins à nourrir ; et puis, une fois mariée, si la fille tombe

147

dans la drogue et la prostitution, c'est de la responsabilité du mari et non du père.

Dans chaque famille, même dans la grande bourgeoisie, il y a au moins un drogué. Ça arrange le régime que les jeunes sombrent dans la drogue : comme ça, ils ne se révoltent pas contre le système. Il faut voir le film *Santouri* de Dariush Mehrjui.

Naître fille dans ce pays est un crime en soi. Vous êtes coupable parce que pas mâle. Et vous êtes pute parce que fille. Alors autant l'être pour de bon. Une fille peut être vendue moins cher qu'une vache. Il y a un autre magnifique film, *Mâdian*, de Bahram Beyzaie : une villageoise donne sa fillette de sept ans à un vieux en échange d'une jument. Elle lui fait promettre de ne pas la toucher avant ses neuf ans. Ce genre de chose arrive tous les jours chez les pauvres. J'adore le cinéma. Les bons films. »

Sa voix frémit brièvement avant de retrouver un ton calme aux inflexions graves. Elle reprend :

« ... Comme je le disais, tout est interdit, mais tout est facile à trouver. Alcools, drogues les plus dures, ecstasy, opium, héroïne, films pornographiques..., les mecs sont accros à YouPorn, et quant à la prostitution, elle est partout, au coin de chaque rue. Gamines de douze, treize ans, étudiantes de l'université, divorcées ou même femmes au foyer... C'est pas ironique ça ? Une république islamique avec tant de gardiens de la morale et tant de putes ! Tout se fait en catimini, sous le tchador, sous le voile, sous le foulard.

Les gens sont devenus menteurs, tricheurs, voleurs, violeurs, vils, charlatans... Les charlatans, eux, sont promis à un avenir radieux. Peut-être que partout c'est comme ça, mais ici tout est pourri. Interrogez n'importe qui dans la rue, il vous dira la même chose.

Y a aussi des putes *high class*, comme on dit, mais pour ça il faut être très belle, et avoir beaucoup de chance, et puis, à ce niveau-là, ce n'est pas donné à tout le monde, c'est contrôlé par des réseaux puissants. Ces putes-là mènent une grande vie. À notre niveau, on prend beaucoup de risques, on est obligé de se taper parfois n'importe qui, enfin ceux qui peuvent se payer au moins une branlette assistée, parce que ce n'est pas à la portée de tout le monde non plus. Surtout avec la crise. Si on ne veut pas se branler tout seul dans son froc, il faut mettre la main à la poche. Moi, je ne suis pas chère, je ne me brade pas non plus. Je prends le tarif du marché. Je suis encore jeune ; après trente ans, ça sera plus difficile... Je ne suis pas fière de ce que je fais, mais je n'en ai pas honte non plus. Je ne vole personne, et je ne fais de mal à personne. Le mal, je le fais à moi-même. Ce n'est pas un métier glorieux. Y a tellement peu de métiers glorieux. »

Elle reprend son air moqueur et ajoute, ironique :

« L'avantage de ce métier, c'est qu'on rencontre beaucoup de mecs. On en apprend beaucoup sur la nature humaine et sur ce qui se passe dans la société. Agents immobiliers, bazaris, businessmen – ils ne connaissent pas trois mots d'anglais et comme moi n'ont jamais quitté ce putain de pays, mais ils se nomment businessmen sur leur carte de visite pour mieux t'arnaquer –, tous corrompus. Ils fouettent les prostituées alors qu'eux-mêmes participent en cachette aux partouzes. Vous imaginez : le chef de la police des mœurs, Reza Zarei, premier responsable de la lutte contre la luxure et l'immoralité, a été surpris le cul en l'air entre six pétasses, elles aussi cul en l'air. Je vous donne son nom parce que tout le monde est au courant. Grâce à Internet, tout se sait. Ça a fait un scandale. Il s'est suicidé. Les gens disaient que c'était un suicide assisté pour étouffer l'affaire. Il dirigeait les réseaux de prostitution les plus importants. Ils sont tous clients des putes, tous, des plus haut placés jusqu'aux petits morveux qui patrouillent dans les rues. Les mollahs, eux, sont les pires. Tous des obsédés sexuels. Des malades. Grave. Et ils s'en prennent aux femmes parce que des mèches de cheveux dépassent de leur voile ! Ce pays est devenu un merdier pas possible. Trente-cinq ans de répression, de privations, d'interdits et d'humiliations en tout genre ont rendu les gens avides, malhonnêtes et tricheurs. Finalement, si j'étais née dans un autre pays, quelque part en Europe ou aux États-Unis, je serais devenue journaliste, je crois. Ça me plaît beaucoup d'enquêter. Ici, ça peut vous coûter la vie. Enquêter, c'est plus dangereux que notre métier. Mettre en mots les crimes, c'est le pire crime aux yeux des mollahs.

Vous voulez connaître une société ? Faites parler ses prostituées ! Vous découvrez tout sur les gens, sur leur culture, leurs coutumes, leurs préjugés, leurs croyances, sur les violences sociales, sur le commerce, la politique et même sur le système judiciaire... Parmi les clients des putes, y a des hommes de tout rang et de tout milieu. Rien qu'à la façon dont un mec baisse et remonte son froc, on voit beaucoup de choses... Et puis la plupart parlent librement à une pute, surtout ici, parce que nous sommes considérées comme des déchets de la société et que notre vie comme notre témoignage ou notre parole n'a aucune valeur. »

Sara
Née le 15 juillet 1977 dans un quartier pauvre de Téhéran.
Assassinée le 24 septembre 2013 à Téhéran.
Elle a été étranglée avec son foulard. Son visage avait été gravement amoché.

L'offre et la demande

Zahra devint rapidement une des femmes *sigheh* les plus convoitées par les hommes puissants de Mashhad*. En un an, elle avait été la *sigheh* d'hommes importants, commerçants du Bazar ou mollahs. C'est dire qu'elle était réservée au cercle très fermé des notables croyants, pratiquants et riches de la sainte ville. Avec l'aide d'un Bazari, homme très riche qui l'avait faite *sigheh* un mois entier, durant lequel il l'avait baisée trois fois par jour jusqu'à ce qu'il s'en lassât et la libérât pour le bonheur d'autres croyants, elle obtint un crédit à la banque Melli – une des banques les plus importantes du pays –, et acheta une petite maison dans un quartier calme et tranquille, loin de la misère, des dangers, des prostituées et des drogués de son ancien quartier. Étant donné qu'une femme, selon la loi, ne peut être en même temps *sigheh* de deux hommes, les clients étaient priés

* L'ayatollah Khamenei (autoproclamé *Vélayaté faghih*, guide du peuple iranien) est né à Mashhad. Il est très lié à sa ville natale dont l'économie est dans la main des religieux.

par l'homme providentiel de respecter l'attente des autres candidats et de ne pas demander un *sigheh* de trop longue durée. Il leur rappelait qu'ils pourraient ultérieurement la redemander en *sigheh* si leur désir n'était pas assouvi. La plupart, fort satisfaits de leur première expérience, revenaient à la charge.

Le *sigheh* de courte durée rapportait plus à la fois à l'homme providentiel et à Zahra. Sur chaque contrat de *sigheh* il prenait un pourcentage, et le *sigheh* de courte durée coûtait proportionnellement plus cher au mari d'intérim qu'un *sigheh* de longue durée. L'homme providentiel, à la demande de Zahra, augmenta son tarif. Au début, il avait hésité en lui disant qu'il ne fallait jamais être trop gourmand dans la vie, mais une nouvelle fois, elle lui avait rappelé sa théorie de l'offre et de la demande, elle lui avait expliqué que, pour rester jeune et belle, elle devait prendre soin d'elle, ce qui entraînait des frais supplémentaires ; sinon, dans très peu d'années, elle ne serait plus aussi convoitée. Elle devait aussi économiser pour ses vieux jours et pour l'éducation de ses filles. L'homme providentiel, non sans diplomatie, avait expliqué la situation de Zahra à ses prétendants et ils avaient tous accepté son nouveau tarif astronomique. Elle devint ainsi la femme *sigheh* la plus chère de la sainte ville de Mashhad. Sa beauté faisait fantasmer tous les croyants importants et respectables, et ils ne rechignaient pas à mettre le prix pour devenir son « mari d'intérim ».

Ses voisins, qui avaient remarqué le va-et-vient des hommes chez elle, la regardaient avec suspicion. Elle avait pris peur. L'homme providentiel la rassura :

« Tu ne fais rien d'illégal et ne commets aucune immoralité, puisque tout se passe conformément aux lois en vigueur. »

Pourtant, chaque fois qu'elle franchissait la porte, dès qu'elle mettait le pied dans la rue, elle regardait derrière elle pour vérifier que nul ne la suivait, avant de marcher d'un pas rapide, comme si elle fuyait un danger.

Or, regarder derrière soi est l'indice auquel les hommes reconnaissent sous leur tchador les prostituées de rue. Les femmes vertueuses ne se retournent jamais dans la rue, même si quelqu'un les siffle.

J'aimerais un « Gros Câlin »

Un léger strabisme. Son œil droit s'égare on ne sait où. Elle a un corps et un visage d'adolescente, même si elle doit avoir plus de vingt ans.

« Je n'ai pas connu mes parents. Je dois forcément en avoir : à cause de la naissance. Je n'ai jamais été aimée, par personne, mais à quoi ça sert d'être triste si ça n'empêche pas le malheur ? ! Je suis souvent souriante et joyeuse. Déjà que je n'ai pas eu de chance dans la vie et s'il n'y avait pas un peu de joie, je ne tiendrais pas. Autant tirer sa révérence tout de suite. La tristesse c'est bien quand on en a les moyens, mais dans notre milieu, elle est fatale. Depuis quelques années, la mélancolie est devenue très chic et à la mode. Ça sonne bien, Mé-lan-co-lie, c'est joli et mélodieux, mais elle n'a pas encore percé dans notre métier. La baise et la mélancolie, ça va pas ensemble, en tout cas pas en même temps.

Le problème dans notre métier, c'est qu'il est devenu une insulte. Par exemple, on ne traite pas d'infirmière quelqu'un qui ne l'est pas, et ça, ça crée pas mal de problèmes de... personnalité... d'identité, je veux dire. Par ailleurs, on nous appelle putes comme si on n'avait pas de nom. Et puis, on nous demande systématiquement pourquoi on fait ça, alors que personne ne s'intéresse au pourquoi des autres métiers. C'est vrai que c'est un métier inimitable. Je veux dire on le fait ou ne le fait pas, mais il n'y a pas de plagiat là-dedans. On se sent dépréciée, dénigrée lorsque n'importe qui est traité de pute, et on se demande franchement où est le mérite. D'ailleurs, peut-être pour ça ou à cause d'autre chose, allez savoir, certains clients ou des macs qui ont été maltraités dans leur enfance battent des collègues en les traitant de putes, comme si elles ne l'étaient pas. Je sais que rien n'est comparable à l'expérience vécue, et c'est pour ça que c'est plus pragmatique qu'ils aillent baiser des mères de substitution, parce qu'on n'a pas inventé "nique ta mère" pour rien. Ça existe quand même. Et ça peut même soulager.

Et puis, bien que pute, on est un être humain, et à propos, justement, écarter les jambes à n'importe quelle heure et pour n'importe qui, ça n'empêche pas la souffrance. Et ça mérite même un peu de respect. C'est vrai que c'est un métier pour lequel on n'exige pas un CV – études, diplômes, stages, formations, années d'expérience, références et lettre de motivation –, mais il faut y donner de soi, et par soi, je n'entends pas seulement du cul. À part ça, on connaît tous des histoires d'amour ou des histoires de cul, eh bien, chez nous c'est sans histoires, surtout depuis le préservatif.

Je parle un peu de travers parce que je suis intuitive, mais mes intentions ne sont pas mauvaises. Mes copines, enfin mes collègues, disent que je suis délurée, mais moi, je pense que je suis juste intuitive. De toute façon, tout le monde connaît tout à cause d'Internet et de Facebook. Tout le monde colle sa photo sur Facebook, comme autrefois on collait un timbre sur une enveloppe, alors que c'est la lettre qui est à l'intérieur de l'enveloppe qui importe et non pas le timbre ; mais depuis que la modernité est devenue technologique, on voit seulement l'enveloppe et le timbre, et personne ne lit la lettre. Et c'est partout pareil. Jugez-en par vous-même ou par quelqu'un d'autre, vous verrez que c'est un monde de putes et que ça n'a rien à voir avec notre métier. Vous pigez ? »

Déroutante, elle saute d'un mot à l'autre, d'une idée à l'autre, comme un moineau picore des miettes sur le sol.

« … Dans une tout autre catégorie, il y a des tas de clients aussi qui se donnent de l'importance en faisant des phrases, même devant nous, alors qu'au bout de deux minutes, on voit ce qu'ils ont dans le pantalon… Vous voyez le tableau ? Moi, je les regarde, mais ne les écoute pas, parce que nous ne sommes pas payées pour qu'ils fassent entrer en plus leurs phrases dans nos oreilles. Je dis les choses comme je les refuse. Je sais que ça ne se fait pas, parce que moi je n'ai pas eu l'éducation nécessaire et pourtant on rit parfois beaucoup de tout ça avec mes clients. Ça les détend, tellement que parfois ça les fait débander, alors que je suis payée pour les faire bander, mais des accidents de parcours existent dans toutes les carrières.

La bite, ça va encore. On met une capote dessus et on est sauve, mais l'haleine… Vive la sodomie, ça fait mal la première fois, mais après on s'habitue, tandis que l'haleine, c'est impossible de s'y habituer. Il y a aussi la levrette, je sais, mais dans notre culture, dès que tu tournes le cul aux mecs, ils s'enfoncent dedans. Ça a beaucoup de succès la sodomie, chez les clients comme chez les putes.

De ce régime, bof… Des mollahs, j'en ai eu deux trois comme clients, pas plus. Tout le monde a des clients mollahs. Y en a tellement dans le pays que forcément ça vous tombe dessus un jour ou l'autre. Ils aiment baiser. Ils marmonnent en arabe le *sigheh* pour nous impressionner, et nous devenons des putes *halal*. Certaines de mes copines m'ont raconté des histoires, mais je ne me les rappelle pas. Ce genre d'histoires y en a beaucoup et à la longue on les oublie.

Moi je pense qu'ils ont mis un voile sur la tête des femmes pour empêcher leur féminité de se propager, comme on met une capote sur une bite pour empêcher le sperme de se propager. L'analogie aurait dû frapper les femmes, mais elles ne regardent pas les bites qui les pénètrent. Ce n'est pas dans notre culture ! Et pourtant, on nous apprend, à nous les filles, dès l'enfance, à baisser les yeux, mais pas quand il faut !

Ah !..., ce que je veux ?... Je sais pas. Il faut pas me poser cette question. Parce que..., parce que à force, ou à faiblesse, je ne sais plus si je ressens quelque chose. Au début, je me disais que ce n'est qu'un coup de bite et ça ne va jamais très loin. Mais finalement, coup après coup, ça fait son effet. Vous comprenez ? Peut-être... si je voulais encore quelque chose, ce serait un gros câlin. Un vrai. Personne ne m'a jamais prise dans ses bras. Ça doit être très difficile de prendre quelqu'un dans ses bras. »

Connue sous le nom de Golnâz – littéralement la grâce de la fleur en persan –, elle était dépourvue d'acte de naissance. Mais elle était née très probablement dans la ville de Nichapour[*] où elle avait toujours vécu.

Elle a été étranglée avec son foulard le 13 avril 2014. Nul n'a réclamé son corps.

---

[*] Nichapour est une ville située à 100 kilomètres à l'ouest de Mashhad. Elle abrite le mausolée d'Omar Khayamm et d'Attar, les deux immenses poètes natifs de la ville.

Une Porsche ne se refuse pas

Soudabeh commença à se lasser de cette vie de luxe qui l'avait d'abord séduite. Souvent, lorsqu'un client la quittait, elle restait des heures allongée sur le lit. Rien ni personne n'éveillait sa curiosité ou un quelconque intérêt, rien ni personne ne l'impressionnait plus, ni la richesse des hommes ni leur importance, ni même qu'ils soient européens, russes, chinois... ou émirs milliardaires. Son travail consistait à feindre et elle le faisait automatiquement, naturellement. Très professionnelle, elle jouait la pute en grande comédienne.

Elle sortait toujours accompagnée, soit par un des macs, soit par le jardinier chauffeur de la villa. L'unique endroit où elle avait le droit de se rendre seule était le salon de coiffure, tout proche, dont la patronne, amie des macs, elle-même un peu entremetteuse, un peu maquerelle, selon les circonstances, était devenue son amie et confidente dès le début.

Un jour, alors qu'elle s'y rendait, comme d'habitude à pied, une Porsche freina à sa hauteur. Quasiment personne ne marche dans les rues des quartiers nord de Téhéran éminemment résidentiels – comme ceux de Los Angeles.

Le conducteur baissa la vitre.

Soudabeh jeta un regard vers la voiture.

« Je peux vous déposer quelque part ? » lui demanda-t-il.

Elle s'arrêta. Hésita un instant. « Pourquoi pas ? »

Une Porsche, ça ne se refuse pas ! Et puis un gars au volant d'un engin pareil, qui ramassait un joli cul, aurait, en cas d'éventuelle arrestation, de quoi payer cash ses péchés sur place pour calmer le zèle des gardiens de la morale.

Dès qu'elle eut fermé la portière, elle perçut les effluves du parfum *Eau sauvage* – un de ses fidèles clients en mettait –, identifia la musique classique, un nocturne de Chopin – le même client l'écoutait souvent –, et, au premier coup d'œil, apprécia l'élégance, la prestance, l'autorité virile et sexuelle que cet homme dégageait. En matière de musique classique, elle ne connaissait que les nocturnes de Chopin, la cinquième symphonie de Beethoven, le *Requiem* et *La Flûte enchantée* de Mozart, et *Le Lac des cygnes* de Tchaïkovski que le même client mélomane écoutait après le coït ; elle ne rata pas l'occasion de se mettre en valeur :

— C'est un nocturne de Chopin ? demanda-t-elle avec un brin d'hésitation dans la voix pour souligner par sa nonchalance naturelle l'étendue de sa culture musicale.

— Exactement, répondit l'homme, impressionné.

161

Très peu de filles iraniennes écoutent de la musique classique – signe d'appartenance à une famille occidentalisée et cultivée.

En grand prédateur, de loin, avant de freiner pour arrêter sa Porsche aux pieds de sa jeune captive, il avait remarqué, de dos, son allure altière, la sensualité de sa démarche et les formes de son corps que la tunique courte sur son jean moulant rendait très sexy. Dès qu'il vit son visage, il la trouva irrésistible. Ce genre de femme dont la beauté exceptionnelle vous fait imaginer, dès le premier instant, dès le premier sourire, le goût de ses lèvres charnues, la rondeur de ses seins, et l'humidité chaude de son entrecuisse. Il aurait voulu la prendre tout de suite, l'embrasser, la serrer contre lui, déchirer ses vêtements, la baiser, puissamment, violemment, éjaculer au fond de sa chatte, et recommencer. Il bandait déjà, impatient de la pénétrer.

Elle, de son côté, en bonne professionnelle, sut que la demande n'allait pas tarder à être formulée... Elle exigerait le maximum. Plus cher tu leur coûtes, plus les mecs deviennent accros. Il sera un client régulier, se dit-elle.

— Vous montez souvent dans les Porsche ?

— Seulement quand elles freinent à mes pieds.

— Ça doit arriver tous les jours !

— Et vous, vous freinez souvent aux pieds des filles ?

— Seulement quand elles sont exceptionnellement belles.

— Un homme exigeant... !

— Il vaut mieux, n'est-ce pas ? Je peux vous inviter chez moi à prendre un verre ?

Soudabeh voulut dire « on peut aller chez moi », puis pensa qu'elle pourrait garder l'argent pour elle. Elle ne manquait de rien, mais l'idée de dérober des sous à ses macs lui plaisait. Avoir quelques clients privés en cachette, c'était tentant.

— En effet, j'ai très soif, dit-elle en le regardant dans les yeux. Il fait une chaleur...

Dès qu'ils ont franchi le seuil de la porte, elle ôte son foulard. Détache ses cheveux. Il la prend dans ses bras. L'embrasse. Elle aussi l'embrasse. Leurs souffles s'entremêlent. Une sensation inattendue bouleverse Soudabeh. Un trouble : une décharge électrique traverse son corps, son ventre. Son sexe, gorgé de sève, bat convulsivement, comme un cœur. Les mains de cet homme sont rassurantes, agiles, fermes. Ses bras ont le pouvoir d'un miracle et ses baisers le goût d'un rêve. Il la déshabille, dégrafe très habilement son soutien-gorge, fait glisser sa culotte en soie : « Tu es sublime. » Il se déshabille, lui embrasse le bout des seins, le ventre, le pubis, puis enfouit la tête entre ses cuisses, caresse son clitoris avec sa langue, le prend dans sa bouche. Cris de plaisir.

Jamais un client ne lui avait pris le sexe dans la bouche. Elle si, elle avait sucé tous ses clients. Elle ne savait même pas qu'un homme pouvait donner un tel plaisir à une femme.

Il revient sur elle.

Elle a connu des bites de toutes tailles et de toutes formes ; on l'a baisée dans toutes les positions et sous toutes les coutures ; cependant, à l'instant où le gland de ce sexe dur effleure l'entrée de son vagin, à l'instant où il la pénètre, elle est transportée. Possédée. Elle n'est plus elle. Elle est à lui. Le souffle de cet homme est différent de celui des autres. Sa peau est différente, son odeur est différente. Le corps de cet inconnu qui s'empare d'elle lui est familier. Sans champagne, sans feindre, Soudabeh fait l'amour et jouit plusieurs fois. Il éjacule.

Après le premier coït, il la garde dans ses bras, comme si elle pouvait s'envoler. Il l'embrasse, la caresse, lui mordille le bout des seins. Elle prend son sexe dans la bouche. Le suce. Il gémit. Ils refont l'amour. Longuement. Lentement. Puis violemment. Sans un mot.

Il se lève, nu, va dans la cuisine, apporte une bouteille d'eau et la tend à Soudabeh. Elle se lève, boit quelques gorgées directement à la bouteille.

— Tu es divine.

Elle se lève.

— Je dois m'en aller. Je suis en retard.

— Veux-tu que je te dépose quelque part ?

— Non, merci, je ne vais pas loin.

Elle enfile ses sous-vêtements, son pantalon, sa chemise, et son manteau. Avant de mettre son foulard, elle prononce d'une voix nonchalante et hésitante :

— Puisque c'est terminé, j'aimerais être payée.

— Pardon ? ! s'exclame l'homme qui est resté nu, la regardant s'habiller.

— J'aimerais être payée, répète-t-elle, de sa voix lasse et voluptueuse, sans donner un prix, pour la simple raison qu'elle ne connaît pas son prix.

— Je ne paye jamais les femmes avec qui je fais l'amour, je les fais jouir.

Grand amateur de femmes, il avait su dès le premier baiser, même avant, dès qu'elle était montée dans sa voiture, que Soudabeh n'était pas vierge et avait eu déjà des expériences sexuelles. Il l'avait prise pour une fille de famille riche et occidentalisée qui vivait entre l'Iran et l'Europe. Il était un peu dépité à l'idée d'avoir léché si avidement la chatte d'une prostituée.

Humiliée, Soudabeh ajuste son foulard, quitte la pièce, l'homme reste debout et nu. Elle traverse le couloir, la cour, puis sort de la maison.

L'amertume d'une novice

C'est une femme sensuelle. Un léger embonpoint.

« Après mon divorce, je n'avais nulle part où aller. Je me suis retrouvée à la rue. Je me suis fait arrêter parce que je m'étais allongée sur un banc dans un parc et que mon voile avait glissé. À la sortie de la garde à vue, un des gardiens de la morale m'a proposé de devenir sa *sigheh*. C'était un violent. Il m'avait prise en *sigheh* pour me battre au lieu de me baiser. C'était un pauvre impuissant. »

Un silence hésitant.

« … Mon père me battait jusqu'à mes dix-sept ans, presque la veille de mon mariage, et surtout depuis qu'il avait intercepté une lettre du fils du voisin qui était amoureux de moi ; mon mari me battait parce que j'étais jolie et que les hommes me regardaient… Je n'allais pas me laisser tabasser en plus par le dernier des connards dont j'étais juste la *sigheh*. Je me suis enfuie. Je ne pouvais retourner chez moi, mon père m'aurait tuée. Je voulais quitter le pays, et il me fallait de l'argent. Je n'avais pas un sou. J'ai décidé de vendre un de mes reins. Beaucoup de gens font ça. Il y a même des petites annonces placardées sur les murs. Le trafic d'organes est très florissant depuis quelques années. Je suis allée à l'hôpital, ils m'ont fait d'abord l'examen sanguin. Et pas de bol ! Je suis du groupe AB+ ; ils m'ont dit carrément que mes organes ne valaient pas grand-chose, parce qu'ils avaient trop de donneurs du groupe AB+. J'ai cherché vainement du travail. Rien. Puis, d'un malheur l'autre, j'ai couché en échange d'argent, en espérant que je trouverais autre chose. Un boulot. »

Elle parle autant avec ses mains et ses bras qu'avec sa bouche. Le léger tintement de ses bracelets rythme ses phrases. Elle lance :

« Ici, de toute façon, femme divorcée est synonyme de pute : officiellement dépucelée, elle est ouverte à tous. J'ai couché avec beaucoup de mecs du système. Je ne vais pas prendre de risques inutiles et vous donner des noms, parce qu'une fois que vous aurez ramassé vos caméras et foutu le camp de ce pays, ils viendront nous chercher ; ils cherchent toujours celles qui témoignent. Celles qui ouvrent leur gueule. Ils ne laissent pas ce genre de choses impuni. Je n'ai vraiment pas envie de me retrouver gisant sur le trottoir. Sachez seulement que c'étaient des enfoirés très importants. Des gros bonnets. Même ton corps ne t'appartient pas. Je n'ai confiance qu'en ma mauvaise étoile. Rien de bon ne peut résulter de tant de malheurs. Comme ça, au moins, je sais que je ne suis jamais à l'abri d'une mauvaise surprise. D'ailleurs, ça fait longtemps que le malheur ne me surprend plus. Il n'empêche : certains matins je me réveille gaie. C'est rare, mais ça m'arrive. Je me dis parfois qu'il y a des femmes plus malheureuses que moi, qu'en Afghanistan, en Irak…, dans des pays africains en pleine guerre civile, le sort des femmes est pire que le mien, puis je me déteste de penser ça, de me consoler avec le malheur des plus misérables que moi. Ici, malgré tout, il arrive, même à des femmes comme moi, de s'amuser. Ce n'est pas tous les jours, mais ça arrive. Il m'arrive aussi de rêver d'un homme bien, d'un homme qui voudrait de moi, de ce que j'ai préservé, même si j'ai vendu mon corps. Pas un prince charmant sur un cheval blanc, juste quelqu'un d'intègre et pas violent ; puis, je me dis que je suis encore naïve, avec les rêves d'une fillette qui ne connaît rien à la vie. J'aurais voulu ne rien connaître de la vie, ne rien connaître des humains. Je donnerais tout pour effacer de ma mémoire l'image de tous ces hommes. Ce n'est pas moi qu'ils veulent, c'est juste un corps de femme, un sexe de femme, deux seins, et une fente. Ça leur est égal que ma chatte soit sèche, fermée comme une huître. Ça les excite. Tant de fornications sans tendresse, sans respect, sans amour ni désir ont assombri mon âme. La plupart des hommes éjaculent en nous comme ils pissent aux chiottes, sans aucun respect. C'est ça qui est le plus

dur dans ce métier : les préjugés. Le regard des autres.
Le rejet. Le mépris. La condamnation. »

Tahereh
Née le 18 juillet 1983 à Téhéran.

Elle a été arrêtée le 5 novembre 2011, condamnée à 180 coups de fouet, avant d'être pendue le 19 janvier 2012.

Le hasard ne se trompe jamais !

Soudabeh renonce à aller au salon de coiffure et rentre directement chez elle. Elle fait une longue sieste. L'odeur de l'inconnu sur son corps. Elle se réveille deux heures plus tard, lasse, sans se lever : « Il sera mon amant », murmure-t-elle en enfonçant la tête dans l'oreiller. Elle pense que cette rencontre correspond à son désir inavoué de tomber amoureuse. Le hasard ne se trompe jamais.

Des années de prostitution l'avaient entraînée dans une passivité morbide, bien qu'elle fût en apparence gaie et souriante. Depuis ses treize ans, elle n'avait existé que pour assouvir le désir sexuel des hommes. Cette rencontre allait changer sa vie. Elle se sentait étonnamment vivante.

Ce qu'elle voulait, c'était qu'il l'aimât. Elle, elle l'aimait déjà. Elle était amoureuse. Une fille a besoin d'amour. Même une pute.

Elle voulait être dans ses bras. Devenir femme dans ses bras. Femme, elle ne l'avait jamais été. Elle avait joué la femme, mais elle ne l'avait jamais été vraiment, dans les bras d'aucun homme, d'aucun client plus exactement. Aucun homme n'avait su la prendre dans ses bras. Elle avait joué la femme ; non, elle avait joué la pute, et depuis si longtemps qu'elle s'était crue née pour devenir pute.

Même si elle avait décidé de rompre avec sa mémoire, une part d'elle était restée cette jeune adolescente de treize ans qui avait traversé à pied sa petite ville pour s'enfuir à Téhéran avec le rêve d'une vie meilleure. Elle était encore cette adolescente que le premier homme, le chauffeur de la voiture, avait violée. Elle était encore cette gamine apeurée qui s'était réveillée, le lendemain matin, dans une maison close bon marché. Combien de bites avait-elle accueillies ? Elle ne savait pas. Elle ne les avait jamais comptées. Quelques milliers peut-être ? Jamais elle n'aurait pu imaginer que le corps d'un homme, les bras d'un homme, son odeur, sa salive, ses lèvres, sa bouche, son souffle lui feraient un quelconque effet. Jamais elle n'aurait imaginé que le sexe d'un homme pût se distinguer des milliers de sexes qui l'avaient pénétrée.

Une semaine plus tard, dès qu'elle put s'échapper, elle alla sonner à sa porte. Dès qu'elle entra, ils firent l'amour, debout, contre le mur. Violemment. Puis une deuxième fois dans la chambre. Dans les bras de cet homme, elle pleura sans savoir ce qui faisait couler ses larmes. Après le deuxième coït, il lui dit qu'il avait un rendez-vous important et devait partir. Soudabeh se leva, s'habilla et s'en alla, comme elle était venue, sans un mot.

La fois suivante, lorsque Soudabeh sonna à la porte de l'inconnu, nul ne lui ouvrit. Elle y retourna le lendemain. Un vieil homme lui ouvrit la porte et avant qu'elle ne le questionnât, il lui dit :

— Monsieur est en voyage d'affaires.

— Il rentre quand ?

— La semaine prochaine.

Elle s'était décidée à tout lui raconter. À demander son aide. « Il est forcément un peu amoureux de moi... »

Un après-midi, dès qu'elle sonne, la porte s'ouvre. Elle entre dans la cour, arrachant son foulard. Il la prend. Dans la chambre, blottie dans ses bras, Soudabeh lui dit sans le regarder :

— Je suis une prostituée.

— Je crois que je l'avais compris.

— Je ne l'ai pas choisi.

— Ce n'est pas grave, chuchote-t-il, en l'embrassant pour l'empêcher de parler.

Il ne veut pas l'écouter. N'a pas envie de connaître son histoire. Ce qu'il aime, c'est lui faire l'amour. C'est tout.

— Je voudrais que tu saches la vérité.

Il l'embrasse à nouveau.

— Tu me raconteras ça une autre fois.

— Ça t'est égal que je sois une pute ?

Il ne répond pas. Se lève. Va pisser. Revient.

— Je suis amoureuse de toi.

Il allume une cigarette.

— J'ai été enlevée à treize ans. Je me suis enfuie de chez moi pour venir à Téhéran et le jour même...

172

— Tu n'es pas obligée de me raconter. Je ne te juge pas.

— Est-ce que tu m'aimes ?

— Tu me plais beaucoup.

— Mais tu ne m'aimes pas.

— J'aime à ma façon les femmes avec qui je fais l'amour.

— Et tu fais l'amour avec beaucoup de femmes ?

— Avec quelques-unes.

— Et elles sont... ?

— Non.

— J'habite tout près et je viendrai te voir quand je pourrai m'échapper.

— Ne prends pas de risques, lui dit-il.

Cette phrase blesse Soudabeh. Elle s'habille rapidement et s'en va.

« Il me baise sans le moindre sentiment. Je ne le reverrai plus. J'aurais dû insister la première fois pour me faire payer. S'il m'avait payée, je ne serais pas tombée dans le piège des sentiments. Je n'aurais rien ressenti. Il aurait été un client comme les autres... », se dit-elle, dépitée.

Quand le hasard s'acharne sur quelqu'un, il est sans pitié.

Elle ne résiste pas plus d'une semaine. Elle retourne le voir. Elle sonne à sa porte plusieurs fois avant qu'il n'ouvre. Il a une serviette autour de la taille.

— J'étais sous la douche.

Elle prend son pénis dans la bouche. Il la baise...

— Tu me fais brûler.

— Ce n'est pas moi, c'est ta propre flamme.

173

— Ma flamme me brûle quand je suis dans tes bras, quand ta queue est en moi.

— Tu as l'art des phrases bandantes.

— Je croyais que c'était ma bouche et mon con qui te faisaient bander.

— Aussi. Tu es la chair du désir.

— Une femme qui te désire.

Leurs corps s'aimaient. Plus il lui répétait qu'il ne fallait pas tomber amoureuse de lui, plus elle était amoureuse.

— Garde-moi encore dans tes bras.

Lui, il l'aimait quand il la désirait, le temps de lui faire l'amour ; entre deux rendez-vous, deux voyages, deux affaires, deux dossiers, deux coups de fil, avant une réunion, une réception. Il aimait ainsi toutes les femmes qu'il baisait.

« Je veux être ta femme », disait-elle, lorsqu'il enfonçait sa queue dure au fond d'elle. Elle était si belle quand ils faisaient l'amour, si épanouie, si heureuse qu'aucun homme n'aurait pu résister au désir de l'avoir pour femme. Sauf lui.

« Je t'aime, je serai ton esclave, je serai ce que tu voudras, tu pourras baiser qui tu voudras », chuchotait-elle, lorsqu'elle respirait son souffle. Ça l'excitait tellement qu'il interrompait le va-et-vient de sa queue et la gardait immobile dans son vagin pour ne pas éjaculer : « Ne dis rien, ne bouge pas, sinon je vais venir. » Elle continuait de sa voix chaude, mouillée et voluptueuse, et il explosait en elle. Il éjaculait fabuleusement, douloureusement. Dans ces moments-là, il était amoureux d'elle, il admettait qu'avec elle c'était plus fort qu'avec les autres. Elle était la plus désirable, la plus bandante.

— Parfois, quand je suis avec des clients je pense à toi et ça me fait jouir.

— Ils se rendent compte que tu jouis ?

— Non. Ils sont trop cons pour ça.

— Alors tu les arnaques !

— Si tu veux... Ça ne te dérange pas ?

— Que tu les arnaques ?

— Que je couche avec d'autres mecs.

— C'est ton métier.

— Tu n'es pas jaloux ?

— Je n'ai pas de temps pour ce genre de chose.

— Épouse-moi !

Pour toute réponse, il ébauche un sourire.

Il est marié. Il avait épousé vingt ans plus tôt la fille d'un financier très riche et proche du régime. Sa femme et ses deux fils vivent à Londres, où il se rend souvent. Mais il ne va pas raconter sa vie à une prostituée.

— Épouse-moi. Tu pourras baiser qui tu veux.

— Je te remercie, mais je baise déjà qui je veux.

— Épouse-moi. Sauve-moi. Tu le peux. Tu es un homme important. Ils me laisseront partir.

— Personne ne peut sauver personne, dit-il sèchement.

— Tu n'as pas de cœur ?

— Je n'ai surtout pas de temps. Je dois partir, j'ai un rendez-vous très important et je suis en retard.

Pourquoi sa vie ne pourrait-elle changer, se demandait-elle. Une haine féroce, dévastatrice, irrémédiable prenait racine dans son cœur. Dans son corps. Toutes ces années, elle s'était protégée sous une carapace d'indifférence. Avec la perfection du déni. Son attachement à cet homme l'avait réveillée d'un coma psychique, d'une anesthésie mentale. Amoureuse, dépendante, elle est devenue vulnérable. Elle avait cet inconnu dans la peau, dans la tête, dans ses rêves, dans ses pensées, dans ses fantasmes. Il l'avait possédée corps et âme. Jusqu'à ce jour, aucun homme ne l'avait possédée, ils l'avaient tous pénétrée, mais aucun ne l'avait possédée. Aucun n'avait su la prendre, l'étreindre, l'atteindre.

Soudabeh n'avait jamais pris le temps de panser ses plaies. Elle avait ignoré blessures et chagrins, peur et terreur, elle s'était échappée d'elle-même pour survivre à sa vie. Depuis plus de dix ans, elle n'était que cette très belle femme que ses clients désiraient. Elle s'était réduite à l'image qu'elle voyait dans le miroir. Une beauté sublime.

À présent, quelle parole, quel acte, quel amour, quelles mains, quels bras, quelle étreinte pourraient apaiser des années de dévastation, d'infinie perdition, de pure désolation, des années d'humiliation, de prostitution ?

Elle décida de s'enfuir. Partir. Loin. Se sauver de la prostitution et de son amant qui ne l'aimait point.

Il n'était pas un homme pour elle, il ne l'était pour aucune femme. Il avait tout vu, tout vécu, tout expérimenté. Il avait fait le tour du monde, et il était revenu de tout. Redoutablement intelligent, cultivé, polyglotte, bourré de diplômes – droit international, science politique... Arriviste, carriériste, et sans la moindre éthique, il était capable de travailler indifféremment avec des trafiquants d'armes, des gouvernements, des financiers ou des sociétés multinationales. Il ne vivait que pour son bon plaisir, son rang social, et le maintien de sa vie très luxueuse.

Le deuil de l'homme providentiel

La vie est hybride, surtout celle des prostituées. D'une nuit à l'autre, d'un client à l'autre, tout peut basculer. Lorsque le crime s'était étendu dans la sainte ville souillée par les putes, leurs vies s'étaient entremêlées au point que nul ne savait quelle vie avait été vécue par quelle pute. On savait seulement qu'elles avaient été putes, enfin, on avait affirmé qu'elles avaient été putes et, pour comble de confusion et d'injustice, les rumeurs et les mauvaises langues contribuèrent à rendre leurs vies encore plus sordides et plus coupables qu'elles ne l'étaient. Elles étaient assassinées depuis des années que les gens se racontaient encore leurs histoires et leur meurtre. La prostitution fascine, intrigue. Hommes et femmes.

Nul n'a jamais su quand exactement, dans quelles circonstances, pourquoi et par qui Zahra avait été assassinée. Son corps fut découvert quelques jours après sa disparition.

La veille d'un jour férié, elle devait se rendre chez un nouveau mari d'intérim dont elle était la *sigheh* pour une durée de deux jours. Elle était sortie de chez elle, mais n'était jamais parvenue à destination. Le mari d'intérim l'avait attendue, l'avait appelée et, n'ayant aucune réponse, en colère, il avait contacté l'homme providentiel, qui, à son tour, avait essayé en vain de joindre Zahra. Dans la soirée, après avoir fermé son échoppe, il s'était rendu chez elle, personne ne lui avait ouvert la porte. Les lumières étaient éteintes. Comme Zahra devait passer la soirée et le lendemain chez son mari d'intérim, elle avait laissé ses deux filles chez sa mère. L'homme providentiel et le mari pour deux jours s'étaient rendus au commissariat la nuit même.

L'homme providentiel avait expliqué à la police qu'un des hommes qui avait pris Zahra en *sigheh* pour une semaine l'avait battue peu avant l'expiration de la durée du contrat parce qu'il était très jaloux à l'idée qu'elle se remariât temporairement avec d'autres hommes.

À cet instant, le policier avait réagi spontanément :

— Eh bien, ça arrive. Ce sont les risques du métier.

L'homme providentiel, offensé, avait continué :

— Il l'avait traitée de pute et avait menacé de la tuer si elle devenait *sigheh* d'autres hommes.

— Et comment vous savez tout ça ? Vous étiez son psychothérapeute peut-être ? s'était moqué le policier.

Outré, l'homme providentiel pensa qu'il aurait dû se présenter au commissariat dans son habit de mollah. Il dit à voix basse :

— Je suis le mollah qui faisait ses *sighehs*.

— Et où sont votre *amameh* – turban – et votre *qaba* – robe – de mollah ? lui demanda le policier, suspicieux.

Un corps de femme fut retrouvé. L'homme providentiel fut convoqué pour l'identifier. Il s'était paré cette fois de son turban et de sa robe de mollah.

Allah n'avait pas exaucé ses prières : le corps était celui de Zahra. Elle avait été étranglée avec son propre tchador. Était-ce un nouveau tueur en série dans la sainte ville de Mashhad, ou quelqu'un qui avait copié la méthode du tueur de prostituées ?

L'ex-mari d'intérim, qui avait été soupçonné par l'homme providentiel, avait un alibi : il avait passé la soirée de la disparition de Zahra avec une nouvelle femme qu'il avait prise en *sigheh* auprès d'un autre mollah. Rien ne prouvait que Zahra avait été assassinée le soir même de sa disparition. La charia des mollahs iraniens ne permet pas l'autopsie du corps d'un musulman, pas même celle du corps d'une pute musulmane – pour les études de médecine, des corps de non-musulmans sont utilisés.

Le doute s'installa dans l'esprit de l'homme providentiel. Un doute qui le rongea durant des années. Qui avait assassiné Zahra et pourquoi ?

Dès que la nouvelle du meurtre de Zahra se répandit dans le quartier, les langues se délièrent et les rumeurs fusèrent :

— On dit qu'elle allait avec les touristes...

— Moi, je l'avais vue plusieurs fois partir avec des hommes...

— Il paraît qu'elle prenait plusieurs clients à la fois...

— J'ai entendu qu'elle travaillait autour du Mausolée. Ces souillures déshonorent les lieux sacrés... Elle mérite ce qui lui est arrivé.

— Et qu'est-ce qui lui est arrivé finalement ?

— On dit qu'elle avait été étranglée comme les prostituées il y a dix ans, avec son propre tchador.

— Alors, ça va recommencer...

— Quelqu'un a repris enfin le relais.

— Il était temps. Les putes sont partout. Plus nombreuses qu'avant. Ce n'est pas possible.

— Elles ne respectent même pas une ville sainte.

— Que l'imam Reza les châtie toutes, ces traînées...

— Qu'elles aillent toutes en enfer...

Une prostituée de Téhéran
et le philosophe allemand

Rousse, grande et mince. Sa féminité paraît virile et sa beauté quelque peu androgyne. Elle est habillée d'une salopette noire élégante. Elle fume une longue pipe en écume.

« J'ai commencé tard. À presque trente ans. Vingt-huit exactement. J'avais vécu deux ans en Allemagne. À Berlin. C'était après la chute du Mur. En 1991. Pas le meilleur moment pour les immigrés du tiers-monde. Les Allemands de l'Est étaient considérés comme des immigrés qu'il fallait intégrer socialement, culturellement et surtout économiquement !

Après une maîtrise en philosophie, à l'université de Shiraz – ma ville natale –, j'étais partie à Berlin pour faire une thèse : l'influence du soufisme persan sur le romantisme allemand, spécialement de la poésie de Hafez, poète iranien du XIVe siècle, sur l'œuvre de Goethe. À l'université comme partout ailleurs, on ne parlait que de la RDA, du mur de Berlin, du communisme et des difficultés de la réunification... On me regardait de travers lorsque j'expliquais le sujet de ma thèse. Le soufisme et le romantisme n'étaient vraiment pas dans l'air du temps. La rencontre avec quelques philosophes iraniens devenus chauffeurs de taxi à Berlin m'a découragée et convaincue de jeter l'éponge. Rentrée en Iran, je ne suis pas retournée chez mes parents, à Shiraz, et suis restée à Téhéran. Je me suis installée chez ma sœur divorcée, qui y vivait. J'ai trouvé par miracle un travail : traduction de documents administratifs et commerciaux en allemand et en anglais. Quand vous êtes une belle jeune fille et travaillez dans le privé, vous devez coucher tôt ou tard avec le patron. Tout le monde vous le confirmera. C'est inclus implicitement dans le contrat. J'ai quitté mon boulot. Le patron ne me plaisait pas. S'il avait été mon genre, peut-être que j'aurais cédé. J'ai galéré quelque temps. Heureusement que j'étais logée chez ma sœur, sinon je me serais retrouvée à la rue. Au début, je pensais qu'elle avait beaucoup d'amants ; en fait, c'étaient des clients.

J'ai décidé moi aussi de me lancer. J'avais d'autres choix : devenir la maîtresse de mon patron, retourner chez mes parents, me marier. Ou trouver un autre travail, c'était difficile mais pas impossible.

Je ne suis pas une prostituée classique. J'ai en tout une trentaine de clients. Des fidèles. Certains viennent me voir une fois par semaine, d'autres une ou deux fois par mois. Quelques-uns disparaissent pendant un temps, puis réapparaissent. Loin d'être des abrutis, ce sont des hommes éduqués, cultivés, économiquement aisés. Je les ai sélectionnés au bout d'un an de métier.

Mon premier critère, c'était la compatibilité sexuelle. Je ne suis pas masochiste.

J'organise une fois par mois une réunion chez moi entre filles. Nous discutons des problèmes des unes et des autres. On s'entraide. En règle générale, les filles sont dures entre elles dans ce métier. On regarde ensemble des films. J'ai une grande collection de DVD. On trouve tout ici, en contrebande. Il suffit d'y mettre le prix. Nous avons vu tous les films d'Almodóvar. Beaucoup de filles sont exploitées et travaillent dans des conditions très difficiles. Je prépare un livre sur le sujet. Elles le savent. Un jour, si le régime change, ou si je quitte ce pays pour de bon, peut-être que je le ferai publier. Beaucoup de filles ont été abusées sexuellement très jeunes, souvent par l'oncle maternel ou paternel, et presque toutes ont été battues par leur père et humiliées dans leur féminité. Sans parler du fait que leur mère elle-même les a souvent traitées de pute dès l'enfance. La parole des mères nous marque à jamais. Ne sommes-nous pas tous faits de quelques paroles fondatrices qui se répètent dans notre tête ? D'images archaïques, tyranniques, qui surgissent à l'improviste là où elles ne devraient pas, là où elles font très mal... »

Elle parle posément, d'une voix basse et cassée, sans trahir d'émotion.

« ... L'humiliation féminine est devenue générale et nationale dans notre pays, puisque ce sont les lois elles-mêmes qui écrasent les femmes, leur dérobent les droits les plus élémentaires et les définissent comme des sous-hommes. On est bonne à être mariée, donc forniquée, dès neuf ans, pendue ou lapidée dès douze ans, mais à vingt ans on ne dispose pas de son cul. Femme, vous ne disposez jamais de votre corps ni de votre vie dans ce pays. La loi vous l'interdit.

Les moralisateurs de tout bord condamnent ce métier. Le sexe contre l'argent, c'est le Mal, comme le sexe hors mariage l'était en Occident et l'est encore dans l'immense majorité des pays, comme le sexe entre deux hommes l'était et l'est encore aujourd'hui dans beaucoup de pays. En Iran, homosexuels et prostituées sont condamnés à la peine de mort. Dans un monde où tout se vend – y compris beaucoup de produits nocifs –, la vente et l'achat du plaisir sexuel sont condamnés. Vous ne trouvez pas ça aberrant ?

C'est le seul métier sur lequel tout le monde a un avis. Et dès qu'on aborde le sujet, les préjugés et la morale sont là. La condamnation préalable aussi. On mélange tout – la misère, l'exploitation, l'abus, le proxénétisme, la traite par des réseaux mafieux, la dépendance à la drogue et à l'alcool, la maltraitance, l'inceste, en somme la criminalité – avec la vente du plaisir sexuel. Le sexe serait-il nuisible à la santé comme l'héroïne, dont la vente est interdite ?

Au risque de vous choquer, je vais vous dire le fond de ma pensée. "Les pensées sont les ombres de nos sensations, toujours plus sombres, plus vides, plus simples que celle-ci", dit Nietzsche dans *Le Gai Savoir*. Mon temps libre – j'en ai beaucoup –, je le passe avec des livres. Je lis beaucoup et directement en anglais et en allemand, même si c'est plus difficile. J'aurais bien aimé avoir un vrai philosophe comme client, je lui aurais fait un prix d'ami. Nous aurions eu beaucoup à nous dire, Nietzsche et moi. »

Une grande bibliothèque couvre tout un pan de mur du salon et elle est remplie d'ouvrages en persan, en anglais et en allemand. Elle tire plusieurs bouffées de sa pipe.

« ... Mes clients ne sont pas au niveau, même si après la baise on parle parfois littérature, politique et philosophie. Parfois on ne baise même pas, ils viennent me voir, on déguste quelques mets, boit un verre et discute. Pour revenir au sujet, je crois que la vente du plaisir sexuel doit non seulement être légalisée mais aussi réglementée et protégée. Et ce n'est pas parce que c'est le plus vieux métier du monde et que de toute façon il existera tant qu'il y aura des hommes et des femmes sur terre – aucun système totalitaire n'est parvenu à contrôler ce qui se passe dans l'intimité entre un homme et une femme –, mais tout simplement parce que c'est le seul moyen de lutter efficacement contre la criminalité et l'exploitation dans ce métier.

Nombreux sont – beaucoup plus nombreux qu'on ne le croit – ceux et celles, solitaires, qui ont échoué en amour, qui ne sont pas doués pour la rencontre, pour la séduction, pour vivre en couple ou en famille, ou qui sont sans charme, sans beauté, sans rang social, sans situation économique, ou encore qui ont des

tas de blocages et de handicaps psychologiques...
Pourquoi faudrait-il qu'ils soient aussi privés de sexe ?
La relation sexuelle est essentielle à l'épanouissement
psychique et physique. »

Elle rallume sa pipe. On la prendrait plutôt pour
une professeur d'université que pour une prostituée.

« ... Notre corps est touché, soigné par les méde-
cins, infirmiers, masseurs... pour calmer la douleur...,
pour être opéré... Ils travaillent en échange d'argent.
Pour quelle raison s'occuper du corps pour lui appor-
ter une jouissance, un apaisement sexuel serait-il mal ?
C'est un métier lucratif, certes. Se procurer du
plaisir est un luxe dans tous les domaines. Outre
tous les préjugés moraux et religieux, outre le lien
indéfectible entre le sexe et le péché dans toutes les
religions, le sexe est considéré comme non indispen-
sable au bien-être des humains ; or, la science nous
a prouvé le contraire. De très nombreuses maladies
psychosomatiques et psychiques surviennent à cause
de l'absence de sexe. Pour exercer ce métier, il faut
aimer le corps, le sexe. Le sexe pur. Sans sentiment.
Il faut aussi aimer la jouissance de l'autre et posséder
un vrai savoir-faire.
Ce sont les conditions dans lesquelles ce métier est
exercé qui sont très souvent condamnables et non
pas la vente du plaisir sexuel en soi.
Je crois très sincèrement que le mot prostitué
conviendrait mieux à beaucoup de "gens bien", à ceux
et celles qui vendent leurs valeurs, leurs principes, à

ceux et celles, "respectables", qui couchent utile, qui collaborent, qui trichent. Sont prostitués les arrivistes, les carriéristes – on les appelle à tort des ambitieux –, ceux et celles qui occupent des postes pour lesquels ils ne sont pas qualifiés. Sont prostitués ceux et celles qui sont corrompus... La corruption est partout.

Le problème, c'est que les femmes ne peuvent se payer du plaisir sexuel comme les hommes. Le jour où les femmes pourront aller chez les hommes comme ces derniers vont chez les femmes, on aura fait un grand pas vers l'égalité des droits. Il faut aborder le sexe sans hypocrisie, sans honte, sans jugement moral. Nous sommes des êtres sexués et avons besoin du sexe. Du sexe sans préjugé. Sans mauvaise conscience. Sans humilier celui ou celle qui nous procure du plaisir. Nous n'humilions pas le kiné qui nous masse le dos... Le drame c'est que, même en Allemagne où ce métier a été légalisé et où les bordels abondent, il n'y en a pas un pour les femmes. Un bordel rempli d'hommes à la disposition des femmes seules, malheureuses, délaissées... Une femme qui ferait appel à un homme pour le plaisir sexuel en échange d'argent serait très mal vue, serait une femme sans vertu, une pute, même si c'est elle qui paie. Mais c'est quoi, la vertu, exactement ? C'est souffrir tout son saoul, c'est vivre dans la frustration, dans la privation, dans l'hypocrisie, dans la méchanceté, dans l'avidité et l'exclusion ? La sexualité des femmes est taboue dans toutes les religions et dans toutes les cultures.

Les gamins, dès dix ans, même ici en Iran, se gavent d'images et de films pornographiques sur Internet, et on interdit aux adultes la vente et l'achat du plaisir sexuel. C'est aberrant.

Quand ce métier est pratiqué dans le respect du contrat, il n'a rien d'humiliant. Se procurer un plaisir sexuel en échange d'argent n'a rien de dégradant. Nous passons notre vie à acheter des plaisirs. Le mot prostitué est vraiment inapproprié. L'expression "vendre son corps" n'a aucun sens. Quand vous vendez quelque chose, ça ne vous appartient plus. Or mon corps m'appartient. Je ne vends pas mon corps, je ne le loue pas non plus. Je vends de la jouissance. Je m'occupe du corps, du sexe de mes clients. Et j'estime que le contact intime que j'ai avec eux n'ôte rien à ma dignité. Je pense qu'il faudrait nous nommer les "praticiens du sexe" et favoriser l'accès des femmes aux services sexuels. Ça ferait beaucoup de bien à l'humanité.

Dans les sociétés comme la nôtre, le corps est honni, annihilé. Quant à la nudité, elle est impensable. Surtout celle des femmes ou même des petites filles. Nul artiste dans ce pays n'a osé encore peindre une toile équivalente au *Déjeuner sur l'herbe* de Manet et nous sommes au XXIe siècle et non en 1863. Sans parler de *L'Origine du monde* de Gustave Courbet, peint en 1866. L'outrage suprême au turban des mollahs ! Ils ont horreur de voir d'où ils sont sortis. L'islam a été une régression par rapport au christianisme, dans lequel le corps est non seulement célébré mais divinisé. Rien n'égale l'érotisme du corps du Christ et des femmes qui l'entourent dans la peinture de la Renaissance. »

Elle se lève et prend sur le rayon des livres d'art un ouvrage sur les grands maîtres italiens de la Renaissance et le feuillette : Vénus du Titien, Marie Madeleine de Léonard de Vinci, Christ du Caravage, Annonciation de Véronèse...

«... Le corps est célébré, glorifié dans l'art chrétien, et ces toiles atteignent le paroxysme de l'érotisme. Alors que, dans l'islam, un centimètre de peau dénudée, et voilà que c'est "la croix et la bannière", comme on dit en français, et c'est vous qu'on crucifie.... La société islamique n'est, en vérité, rien d'autre qu'un despotisme érotisé, comme l'analyse Jean Starobinski. »

Elle tasse le tabac de sa pipe et la rallume.

« ... Ce fut un vrai choc, la première fois que je suis allée dans un sauna à Berlin. On m'a demandé d'enlever mon maillot. Déjà que j'avais du mal à me montrer en maillot de bain devant les hommes..., j'avais l'impression que tout le monde me regardait, alors qu'ils s'en foutaient de mes cuisses. Voir hommes et femmes à poil ! Sans le moindre manque de respect. Sans le moindre voyeurisme. Le naturel du corps. Des corps jeunes, vieux, gros, grands, petits, beaux, laids. C'était quelque chose pour une Iranienne grandie sous le voile. Un choc plus fondamental que culturel. Un choc existentiel. C'est à Berlin, au sauna, parmi d'autres corps mis à nu, sans artifices, sans apprêt, vulnérables..., que j'ai pris vraiment conscience d'être avant tout un corps. J'étais ce corps et ne devais pas en avoir honte. Il m'a fallu longtemps pour aimer mon corps, respecter mon corps et celui des autres. Habiter un corps de femme, dans l'immense majorité des pays musulmans, est en soi une faute. Une culpabilité. Avoir un corps de femme vous coûte très cher, et vous en payez le prix toute votre vie.

Tout compte fait, je crois que j'exerce ce métier, en grande partie, par goût de la transgression. Quand les lois sont criminelles, c'est un honneur d'être rebelle et hors la loi.

Il me plaît d'imaginer nos mollahs dans le sauna en Allemagne. Au beau milieu des corps dénudés. Femmes et hommes à poil. Ça leur ferait plus d'effet qu'un électrochoc. Avec un peu de chance, ils auraient tous une crise cardiaque !

J'ai visionné pour mes copines, récemment, un film qui ne ferait pas de mal aux moralisateurs, *The Sessions*. C'est l'histoire d'un homme que la poliomyélite a condamné dès l'enfance à une paralysie quasi totale. Il vit dans un poumon d'acier la nuit et dans la journée utilise un respirateur. Seuls vivent sa tête et son sexe. Tout le reste est inerte. Son intelligence est vive et son sexe très sensible, au point d'entrer en érection et d'éjaculer en présence de la femme qui fait sa toilette. Croyant – ne serait-ce que pour rendre Dieu responsable de ses malheurs, plaisante-t-il –, il se confesse souvent au curé de sa paroisse. Avec sa "bénédiction", il a recours à une "assistante sexuelle" – magnifiquement interprétée par Helen Hunt –, une femme mariée avec un enfant. Le jour

J, elle se déshabille totalement, et, tout naturellement, en expliquant à son client handicapé ce qu'elle va faire, elle le rassure. Elle se couche, toute nue, à côté de l'homme. Il éjacule aussitôt. Lors des séances suivantes, elle lui apprend à se contrôler, à la toucher, caresser ses seins... et enfin à la pénétrer, en s'asseyant sur le sexe en érection de ce corps handicapé. Tout est traité délicatement, dans l'estime réciproque de deux corps, de deux êtres. Tout est sensible, sensuel et presque pudique, malgré la nudité, et malgré l'acte sexuel. Le film montre comment un être peut, avec une approche naturaliste et dans l'empathie, rendre à un autre être, via la jouissance sexuelle, la confiance en soi. En effet, il s'agit d'un handicap extrême, mais il existe des blocages psychiques tout aussi paralysants. Je pense que les "praticiens du sexe" devraient suivre une formation. Même les coiffeurs suivent une formation. Notre sexualité aurait-elle moins d'importance que nos cheveux ?

La dépression liée aux chagrins d'amour, la dévalorisation de soi ont des aspects proprement hormonaux et physiologiques – nous sommes avant tout un corps, des compositions chimiques. La dépression peut être réversible grâce à une activité sexuelle satisfaisante. Sans honte et sans préjugés. J'ai une approche naturaliste, professionnelle et rationnelle de mon métier. J'aime ce que je fais. J'aime le corps. Le sexe. L'intimité. Et j'aime à ma façon mes clients. Quand il y a des problèmes, je leur parle ouvertement et naturellement.

Tout le monde rêve du grand amour. La littérature et la simple observation de notre entourage nous montrent ce qu'il en est de l'amour dans la vie de chacun. Ne pas vivre dans la frustration sexuelle peut rendre, je le pense, les relations amoureuses plus authentiques et plus vraies. Le sexe et l'amour sont distincts. L'un peut exister sans l'autre. Bien entendu, quand c'est ensemble, c'est l'idéal, mais ce bonheur est rare, et souvent éphémère. »

Née à Shiraz[*] le 18 novembre 1969. Elle se faisait appeler Hava, Ève en persan.

Elle fut dénoncée par un de ses voisins qui avait découvert son métier et à qui elle avait refusé ses services.

Après trois mois d'emprisonnement et deux cents coups de fouet, elle a été pendue le 19 septembre 2014.

---

[*] Les ruines de Persépolis (Takht é Jamshid, le Trône de Jamshid) sont situées seulement à 70 kilomètres de Shiraz, elle-même à 930 kilomètres au sud de Téhéran. Centre de culture et d'art, la ville fut longtemps la capitale de l'Iran. Les deux immenses poètes Saadi et Hafez étaient natifs de Shiraz.

Passeport de contrefaçon

Malgré le pourcentage très faible que les macs versaient à Soudabeh, après plusieurs années de prostitution de luxe, elle avait amassé une belle somme. Elle savait qu'elle était surveillée, mais ne se doutait pas que ses macs étaient au courant de ses rencontres amoureuses avec l'inconnu qui habitait tout près. En réalité, ils avaient découvert assez rapidement son identité : un conseiller de très haut niveau et très important du gouvernement en matière de politique étrangère et de l'exportation du pétrole. Ils avaient jugé prudent de ne pas s'en mêler.

Soudabeh avait décidé de se procurer un passeport. Elle se rendit au centre de Téhéran – quartier du marché noir et des trafics de tout genre – où on peut se faire fabriquer un passeport de contrefaçon en moins de 24 heures. Elle avait fait une photo d'identité : voile noir dissimulant ses cheveux jusqu'à la dernière mèche, visage austère, sans aucun maquillage et sans la moindre ébauche de sourire.

Elle savait que ses macs, pour pouvoir dégoter de riches clients internationaux ou l'emmener en jet privé à Dubaï, devaient travailler soit directement avec le gouvernement, soit avec des gens proches du gouvernement. Elle avait changé de prénom, pour le cas où elle serait fichée. Elle avait choisi un prénom religieux : Zahra. Cela faisait longtemps qu'elle n'avait pas pensé à son amie, avec qui elle avait connu les plus heureux moments de son enfance. Zahra lui porterait chance.

Le jour où elle sortit de la boutique, son passeport de contrefaçon dans son sac, elle se fit choper par un de ses macs.

— Donne-le-moi.

— De quoi tu parles ?

— Tu sais très bien de quoi je parle. Donne-le-moi avant que je me fâche.

— Je n'ai rien.

— Donne-moi ce putain de passeport !

Il lui arrache son sac. Sort le passeport. Le feuillette.

— Ils boulonnent bien ces enfoirés ! Zahra ! C'est bigot comme prénom. Tu veux devenir sainte après avoir été pute ? Tu crois que nous ne sommes pas au courant pour ton amoureux ? Ce n'est pas parce qu'on tolère tes petites escapades qu'on va t'autoriser à faire le grand saut avec lui. Tu veux l'accompagner dans ses voyages d'affaires à l'étranger, c'est ça ? Tu te prends pour une escort girl indépendante maintenant ? Tu te crois où ? Hein ? T'as de la chance que je ne te massacre pas ton beau visage. Ce soir, tu as un client important. Et désormais, si ton amoureux veut de toi, eh bien, il paiera le prix, comme tout le monde. Quand on veut sortir sa bite, on sort d'abord son portefeuille. C'est incroyable : on dirait que tout le monde est devenu escroc et proxénète !

Il sort une paire de ciseaux de la boîte à gants, ouvre le passeport et coupe en deux le visage de Soudabeh sur la photo d'identité.

— Argent gaspillé. Tu le gagnes trop facilement pour le respecter !

Elle ne dit rien.

Quelques semaines s'écoulent sans qu'elle aille rejoindre son inconnu.

— Il ne tenait pas tant que ça à toi, hein ? Sinon il serait venu sonner à la porte. Il voulait bien te baiser, mais gratos. Tous ces mecs qui se sont occidentalisés croient que la chatte des filles est à leur disposition. Les filles occidentales ne se font pas respecter. Elles se font sauter par n'importe qui. Et elles appellent ça l'égalité des sexes. Eh bien moi, je dis que quand on veut s'offrir une beauté, on paie le prix. De toute façon, les Occidentaux sont pingres. Il n'y a que les Russes et les émirs du Golfe qui mettent la main à la poche pour le bonheur de leur bite. Les nègres riches ont aussi le fric facile, mais on ne va pas brader nos filles à des esclaves quand même ! Déjà qu'on tolère les Arabes... Pour Obama, on fera une exception, puisqu'il a fait l'accord avec nous sur le nucléaire et levé les sanctions... Ça te plairait, hein, d'être baisée par le président américain ? Comparée à ce boudin que se tapait Clinton, c'était quoi déjà son nom... ?

Lavinski... ou quelque chose comme ça... Et ton enfoiré d'amoureux, il ne te payait rien du tout ?

Soudabeh ne répond pas.

— Je t'ai posé une question. Il te payait ou pas cet enfoiré de qui t'étais entichée ?

— Non. Mais il m'avait promis de m'emmener une semaine avec lui à Paris, ment-elle.

— Salopard ! Plus ils sont importants et riches, plus ils sont radins. Je n'arrive pas à croire qu'on baise une pute sans même la payer. Fils de pute !

De mère en fille

« J'ai appris récemment que ma mère aussi était une pute. Ça doit être héréditaire ! »

*Un sourire ironique fissure son visage. Elle est jeune.
À peine vingt ans.*

« ... Elle ne sait pas que je le sais et elle ne sait pas que je fais la pute. Enfin elle fait semblant de l'ignorer. On ne parle pas dans les familles, et pourtant les secrets ne sont pas si bien gardés que ça. On cache la vérité parce qu'elle peut faire très mal, et parce qu'il y a des gens qui sont aux aguets pour vous jeter à la figure vos blessures quand vous êtes vulnérable. On cache les vérités douloureuses, et parfois on souffre des années sans savoir de quoi... »

Petite, les yeux baissés, elle parle à voix basse. Elle enroule et déroule autour de son index un fil du grand châle qu'elle porte sur les épaules.

198

« ... Je ne vais pas bien. Ça a commencé dès ma naissance, et depuis le temps, je m'y suis habituée. Vous ne le savez peut-être pas, mais le malheur, la souffrance et l'humiliation que chacun de nous peut supporter dépassent notre imagination. Le pire, c'est qu'on s'y habitue, et beaucoup plus vite qu'on ne le croit. On s'habitue aux choses les plus atroces lorsqu'il n'y a pas d'issue. On survit, malgré soi. Notre capacité d'endurance est élastique et notre nature très coriace. J'ai eu une enfance très difficile. Ma mère ne savait pas ce qui se passait à la maison quand elle n'était pas là, et elle ne le sait toujours pas, je ne le lui ai pas dit. Elle est déjà assez malheureuse comme ça. Quand ma mère partait au travail, mon grand-père et mon oncle, tous deux drogués – nous vivions avec eux depuis la mort de mon père –, amenaient des hommes à la maison et m'enfermaient dans la pièce avec eux. Dès dix ans, j'étais déjà pute. Officieusement. Après, ils me criaient dessus en me traitant de pute. Je ne l'ai jamais dit à ma mère ; à quoi ça aurait servi ? Elle-même devait se vendre pour payer la dose de son père et de son frère. Mon père, il est mort à la guerre. Il n'était pas drogué. Je n'avais pas encore deux ans. Je ne me souviens pas du tout de lui.

C'est très difficile de dénouer un tel destin. Il faut beaucoup de courage, de chance, et de bonnes rencontres. Je n'en ai pas eu. C'est impossible de sortir de la misère. »

Elle se roule une cigarette. Ses ongles sont rongés.

« ... Putes ou pas, droguées ou pas, les femmes dans ce pays ne vont pas bien. Vous n'avez qu'à les regarder. L'agressivité, la frustration, la brimade se lisent sur tous les visages. Nous avons toutes un air effarouché. Une fille sur deux se fait opérer le nez, et la plupart du temps le résultat est terrible. On dirait du clonage. C'est plutôt une mutilation qu'une opération esthétique.

J'avais quinze ans quand j'ai quitté la maison. J'avais peur, peur de finir par tuer mon oncle et mon grand-père et d'être pendue pour meurtre. Je ne pouvais plus supporter la situation. J'ai quitté la maison et je me suis mise à mon compte. Je ne savais que faire d'autre.

... Combien d'hommes ? Je sais pas. Ça ne fait jamais grand-chose si on prend ses précautions. Je me suis juré que je n'aurais jamais d'enfant, même si je dois avorter clandestinement. Vive le préservatif ! J'aime bien dire capote. Ça fait plus branché, ça sonne mieux, capote, et c'est plus approprié avec l'acte : capote. De même que je préfère bite ou queue à pénis. Question de goût.

C'est un métier glauque et dangereux. Même quand, comme moi, on est presque née là-dedans, qu'on a commencé très tôt et qu'on est censée s'y être habituée. »

Sa voix prend une tonalité presque allègre. Elle hausse les épaules.

« … Mon bonheur, ma came, c'est l'opium. C'est autre chose que cette saloperie d'héroïne. C'est aphrodisiaque, c'est fortifiant, ça rend gaie, optimiste et même intelligente, sans bousiller le cerveau. C'est ma dose de joie ! Et quant à l'odeur, c'est divin. Et puis fumer de l'opium, c'est un cérémonial : tout un rituel à respecter. J'aime ça, que ce soit un cérémonial. C'est autre chose que de s'injecter ou de renifler n'importe quelle merde dans les chiottes. Mon frère lui aussi fume de l'opium. Moi, je ne peux m'en passer. C'est ma vie. Deux fois par jour. C'est la seule chose qui me fait tenir. »

Mojdeh
Née le 5 janvier 1980 à Mashhad.
Assassinée le 3 mars 2002 à Mashhad.
Elle a été étranglée avec son tchador.
Sa famille n'a jamais cherché à savoir ce qu'elle était devenue. Nul ne sait où elle a été enterrée.

Mirage

Quelques mois plus tard, Soudabeh devait se rendre chez le dentiste. Ses macs veillaient sur la santé, la qualité de leur marchandise ! Le gardien chauffeur l'y conduisit. Il gara la voiture dans le parking, l'accompagna jusqu'à la clinique, puis entra dans la cafétéria d'en face pour l'attendre.

Soudabeh se précipita dans les toilettes. Elle sortit le tchador qu'elle avait fourré dans son sac, s'enveloppa dedans et ressortit aussitôt. Le chauffeur, le dos à la vitre, commandait son thé lorsque, camouflée sous son tchador, elle s'éloigna d'un pas rapide. Elle sauta dans un taxi en maraude.

— Je vais à la gare routière, dit-elle en fermant la portière.

— Laquelle ?

— C'est la gare... à l'ouest, je crois. C'est par là qu'on va à Ourumieh, n'est-ce pas ?

Soudabeh n'avait jamais eu accès ni à l'Internet, ni à un ordinateur ou à un iPhone. Elle avait vécu dans sa cage luxueuse, coupée du monde et de la réalité. Il y avait seulement une télévision – sans parabole pour capter les chaînes étrangères –, qu'elle allumait rarement, un lecteur de DVD et beaucoup de films pornographiques : « Il faut que tu sois bien instruite ! » lui assénaient ses macs. Si elle voulait aller à Ourumieh, c'était parce qu'elle savait seulement que cette ville au nord-ouest de l'Azerbaïdjan occidental iranien se situait à une trentaine de kilomètres de la Turquie.

« J'étais à deux pas de la frontière quand ils m'ont arrêtée. J'ai été transférée dans une prison proche de Téhéran... Le jour de ma sortie, des gardiens m'ont carrément jetée dans la tanière des macs, en m'insultant : puisque tu voulais aller en Occident faire la pute autant servir tes compatriotes ! » lui avait raconté une des filles de la maison close qui avait essayé de quitter le pays en payant des passeurs.

En effet, la Turquie est un des pays de transit pour les migrants clandestins iraniens vers l'Europe et de contrebande de diverses marchandises dans les deux sens. Elle partage une frontière longue de 500 kilomètres avec l'Iran. L'importance des commerces illégaux a rendu la région dangereuse et engendré une réorganisation quasi mafieuse de l'espace frontalier par des groupes rivaux dont l'ethnie, la langue ainsi que les intérêts politiques et économiques s'entremêlent et souvent s'opposent. Tout au long d'une partie de la frontière, un mur a été dressé pour empêcher les mules et les chevaux de transporter les produits de contrebande. Dans d'autres régions, le nombre de postes de contrôle dans les deux pays a été considérablement augmenté. Et enfin, certaines zones laissées pour compte sont parsemées de mines. Le passage clandestin est devenu de plus en plus difficile, d'autant que les régions du sud et du sud-ouest du lac de Van en Turquie sont proches à la fois du Kurdistan irakien et du Kurdistan syrien, où les combats font rage.

Soudabeh ignore tout cela. Arrivée à la gare, elle s'achète un billet et, deux heures plus tard, elle est dans le premier bus vers Ourumieh. Elle a décidé de reprendre, après presque dix ans, la suite de sa fuite.

Assise dans le bus, tête collée contre la vitre, regard perdu dans le paysage, Soudabeh n'a aucun plan, ni aucune idée des innombrables dangers qui la guettent, comme elle les ignorait à treize ans lorsqu'elle avait fugué vers Téhéran.

Elle ne sait pas que les bus sont souvent inspectés aux barrages de contrôle installés sur les routes, surtout les bus vers les destinations frontalières. Des agents vérifient, au gré de leur humeur, au hasard, la pièce d'identité des passagers ou les bagages des têtes suspectes. Une jeune femme voyageant seule est toujours suspecte. Soudabeh n'a aucune pièce d'identité. Elle ne sait pas non plus qu'une femme seule n'a pas le droit de prendre une chambre d'hôtel en Iran. À Ourumieh, le réceptionniste de l'hôtel peut la dénoncer aux autorités, comme la loi l'exige. Elle ne connaît pas non plus le prix exorbitant des passeurs et ne se doute pas que beaucoup d'entre eux sont de mèche avec les agents du régime qu'ils avertissent pour faire arrêter leurs clients.

La force de Soudabeh est son IGNORANCE. Vierge et Intacte. L'ignorance qui crée l'espérance. Si elle connaissait les risques et les périls, elle n'aurait peut-être jamais osé se lancer.

Si par impossible elle parvient à surmonter tous les obstacles et à franchir saine et sauve la frontière clandestinement, mille et une difficultés l'attendent en Turquie.

Je n'ai pas le cœur de lui assigner un destin tragique : de la faire arrêter dans le bus, dénoncer par le réceptionniste de l'hôtel ou par des passeurs, de la faire sauter sur une mine, ou tuer par une balle... Je n'ai pas le cœur de la condamner. Je laisse Soudabeh dans le bus, sur la route d'Ourumieh, tête collée contre la vitre, regard perdu dans le paysage, candide et rêvant d'avenir...

TABLE

Mise en pages PCA
44400 Rezé

Cet ouvrage a été imprimé par
Dupli-Print à Domont (95)
pour le compte des Éditions Grasset
en avril 2016

PAPIER À BASE DE
FIBRES CERTIFIÉES

Grasset s'engage pour
l'environnement en réduisant
l'empreinte carbone de ses livres.
Celle de cet exemplaire est de :
750 g éq. CO_2
Rendez-vous sur
www.grasset-durable.fr

Première édition, dépôt légal : mars 2016
Nouveau tirage, dépôt légal : avril 2016
N° d'édition : 19413 – N° d'impression : 2016042355

Imprimé en France